博客思出版社

# 神龍大師之作文趣味寶典

神龍子 著

## 推薦序

當年在高雄師大國文系讀書時，跟立中編在同班。他和我一樣來自台南，但不同的是，我服完兵役後，才好不容易考上大學；而他的人生與學業路上一帆風順，中間沒耽擱過。在系上或班上，像立中這樣事事如意的同學不少，但我卻可能與他之間的孽緣較深。

像是大一開學沒多久時，有次我想騎車出去透透氣，他硬要跟，結果我們竟在高雄市區迷路，迷路其實也不打緊，但令人頗感無奈與哀嚎的，是我的小 50cc 載的不是漂亮美眉，而是這位老弟。此後他的人生當中，偶爾出現一些「阿撒布魯」、疑而未決的事，也會來「轆」這個老同學；就連現在要出書，還來騷擾一番，要我幫他錦上添花寫篇推薦，而且還不准爆料。

我的大學生活算是單純了，但立中的大學生活算來也很「宅」，除了籃球場跟圖書館之外，其他的地方似乎也不是很常去，連三餐吃飯也都在校內或是鄰近地區。當時，我還一度懷疑他能不能交得到女朋友？到底是生理有無隱疾？還是心理有沒有啥障礙？但好在幾年過去了，看到他進碩士班、考教職、結婚生子，嗯！還好他不但正常，而且還很優秀，一如大學四年他給我的感覺，是個功課不錯的乖乖牌。

回到立中出書的宗旨吧！

還記得大學時，老師在課堂上說了句名言：「前世殺了人，今生改作文」各位就知道批改學生作文，恐怕也算國文老師所擔負的業障之一。我與立中同樣任教於南部高中，雖不同校，但我們對於學生的文章書寫，或以語文表達能力來看，都有無限的慨歎。

現在時下年輕學生習於網路對話，打字不要太多，三言兩語就好，火星文、注音文嘛，雙方心領神會就可以；長期以來不善於連綴文字成篇，難怪會抱怨寫篇作文八百字實在太多、題目看不懂、不知如何下筆，「我手寫我口」原是自然，但今日竟如此艱困。而天生原罪要改作文的國文老師，同樣為了自己出作文題目給學生寫，而需自殘幾個小時，方得解脫。

「蜀道之難難於上青天」，改作文之難，正是如此。往往一攤開學生文章習作，我便彷彿中了金庸武俠小說中的「十香軟筋散」，全身內力頓失，當下手持朱筆心茫然，不知從何改起才是。

首先，學生交來的文章習作，光是字跡之雜亂，可辨識度有如一般人閱讀甲骨文之難；每個字大小不拘、方向未定、形狀隨意，整篇作文看來像是隨意塗鴉的草稿，並非用心書寫的成品。至於字跡能書寫端正的，則可能又是錯別字一堆；一篇文章看下來，便如已做了十幾題以上的字形測驗。學生的錯別字錯到渾然天成，有時我甚至懷疑自己對此字，是否也有認知錯誤。這或許是因電腦網路的關係，使得我們太過於習慣打字，忽略了寫字的基本功力。

再者，學生的文章未能妥善運用標點符號，也常不斷句，整句話寫得太長，順著讀下來，若內力修為不足，則常讓人上氣不接下氣，這也是寶貝學生們拿來折磨我的方式之一。

此外，學生的語文表達基本功力不足，全篇旨意偏差，結構不全，極似被人以「大力金剛指」所傷，骨骼筋脈盡斷，但我可沒有「黑玉斷續膏」能供治療；總覺得幾句話改下來，幾乎需要整篇砍掉重寫。眼見目前範文教學時數減少，作文教學幾至不可為，上課時間如此寶貴，如何能好好提示一下該如何寫？

立中此書，或許正可以解決一些學生的疑惑與難處。正如他將這本武功祕笈分成五大方向：字形音義、修辭技巧、成語典故、結構內容、想像創造；自基本處下手，先解決寫作用字上的形音義基本功，最後則是想像創造的開拓能力；上述作文的內功五大心法，習成後不僅能打通任督二脈，更能隨心使勁，一揮手可風捲落葉，一縱身能長嘯而去。期盼後學者真能自本書悟道，日後也能成為一代文壇宗師！

國立善化高中學務主任　陳俊隆　序於壬辰年荔月

## 神龍見首：序言

龍，在中國被視爲是祥瑞的象徵，傳說牠能呼風喚雨，行蹤飄忽，許多人對於龍既感神祕又畏懼，因此古代天子的服飾往往會繡上龍的圖騰，以顯示其地位之尊崇。而古人對於詩文寫作的奧妙，也往往以龍的特性來比喻，如清人趙執信《談龍錄》：**「詩如神龍，見其首不見其尾，或雲中露一爪一鱗而已。」**這就把詩文寫作跟龍的神祕性結合起來！然而寫作是否真如龍的形蹤不定，讓人難窺其全貌呢？

筆者從事國文教學工作，往往也會遇到教導學生寫作的問題，看到同學搔頭苦思的模樣，我不禁想：難道沒有更輕鬆的方式學習作文嗎？有此想法後，我收集了一些頗富趣味的笑話、軼事，從中將寫作相關的概念提取出來，以神龍大師之作文趣味寶典爲名，期盼給莘莘學子指引一條通往寫作殿堂的渠道，並在輕鬆趣味的笑話故事中，無痛學習！

以下略述本書各章節之書寫重點，提供讀者檢索參考：

**第一式：龍飛鳳舞—字形音義篇：**

指出寫作時在形音義方面常犯的錯誤及應注意的問題。

**第二式：畫龍點睛—修辭技巧篇：**

指出寫作時在運用修辭方面常犯的錯誤及使用技巧。

**第三式：臥虎藏龍—成語典故篇：**

指出寫作時在成語典故運用上的錯誤及應注意的問題。

**第四式：直搗黃龍—結構內容篇：**

指出寫作時在內容結構方面應注意的問題及使用技巧。

**第五式：飛龍在天—想像創造篇：**

指出寫作時在想像力及創造力方面的思維。

希望大家看了笑話輕鬆之餘，也可以對於寫作觀念有所提升，那就是筆者最大的願望！

**神龍子　序於壬辰年七月**

# 開宗明義

推薦序 2
神龍見首：序言 6
第一式 龍飛鳳舞——字形音義篇 11
字形 13
字音 38
字義 57
第二式 畫龍點睛——修辭技巧篇 79
修辭的重要 81
譬喻修辭 82
婉曲修辭 87
借代修辭 89
映襯修辭 92
排比修辭 94
擬人修辭 96
層遞修辭 98
類疊修辭 100
鑲嵌修辭 101
對偶修辭 103
誇飾修辭 104

仿擬修辭 104
轉品修辭 110
倒反修辭 111
回文修辭 112
雙關修辭 114
第三式 臥虎藏龍——成語典故篇 125
第四式 直擣黃龍——結構內容篇 171
審題 173
立意 187
佈局 194
材料 200
觀察力 215
作法 230
內容 251
語言 265
結尾 274
標點符號 280
第五式 飛龍在天——想像創造篇 295
想像力 297
創造力 302
神龍擺尾：後記 312

# 第一式

## 龍飛鳳舞—字形音義篇

中國文字具有悠久的歷史，其形構是單音獨體的。

簡單地說，中國文字是一音一字，並具有詞性靈活的特點。再者，中國文字具有藝術美，由於中國文字是由圖形符號演化而來，所以每每用勻稱的線條表現出各種事物，不論是甲骨文、鐘鼎文、小篆、隸書、草書或楷書都具有藝術價值，因此古人稱許書法筆勢生動活潑便以「龍飛鳳舞」形容之。

另外，中國文字是形、音、義兼備的文字，所謂「形」是指文字的結構；音是指文字的讀音；義是指文字的內涵，三者之間雖然各有屬性，但是認識一個文字，形、音、義三者之間是不能截然分開的。

因此，在運用中國文字從事創作的時候，如果不能確實掌握文字的形、音、義，不但會使文章的美感大打折扣，也可能鬧出許多不倫不類的笑話出來。以下藉由一些笑話或小故事來提醒我們寫作時應該避免的錯誤或常犯的毛病。

## 字形

※ 禿驢

清代杭州地靈人傑，出了許多秀才，劉芳便是其中之一。有個小氣和尚素仰劉芳的翰墨，數次求之均不可得，於是便千方百計的請了一位當地士紳出面求書，劉芳不好意思拒絕，只得應允，但在提筆前先問了那士紳說：

「如果那和尚能奉上潤筆費，那我就寫好一點，反之，如果他是一毛不拔的那種人，那我也不用那麼慎重了。」

那士紳想了一下，答道：

「依我看，那和尚十分小氣，恐怕連一毛錢都不會奉上。」

於是劉芳便提筆寫道：

**「鳳棲禾下鳥飛去，馬繫蘆邊草不生。」**

那和尚得到了這副楹聯，只覺得意境很高遠，便欣喜地將楹聯掛在禪室中，常常向來到的訪客炫耀。

幾天後，一位秀才來訪，見到劉芳的翰墨，又見和尚自我陶醉的模樣，忍不住哈哈大笑起來。那和尚覺得莫名其妙，細問之下，方知被劉芳戲弄了，一氣之下便把那副楹聯給撕得粉碎。

**原來，劉芳的聯語是「拆字聯」，「鳳」字無鳥變成「几」，而「棲禾下」便成**

**了「禿」字；「蘆」字若草不生的話就成了「盧」字，而「馬繫蘆邊」就成了「驢」字，上下兩聯合起來只得二字，就是「禿驢」。**

### 【大師解頤】

古人所謂罵人不帶髒字，此則故事可為例證。文中劉芳即運用了「化形析字」的方式來教訓和尚。

### 【學習天地】

在講話行文時，故意就文字的形體、聲音、釋義加以分析，叫「析字格」。析字也被認為是修辭的一種方式，我們在這裡則將其視為運用文字的一種趣味性。

析字可分為：**「化形析字」**、**「諧音析字」**與**「衍義析字」**三種。

化形析字：利用字形的離合、增損、顛倒等方式構成的析字。如：田字下面一個力，這明明是告訴你男人是在田裏出力氣的，你跟他們談感情呀！《康芸薇：佳偶》

諧音析字：利用字聲的相同、相近或聲韻相切來替代或推衍本字的析字。如：早就變成阿巴桑了，還年輕什麼？《口語》

衍義析字：利用字義的特點，通過代換、牽連、演化等手段構成的析字。如：管他什麼豬大郎，牛大郎的！《繁露：向日葵》

※犬犬

一個老外學了中文，興沖沖的想寫信回國給老婆，才剛下筆就忘了太太的「太」怎麼寫，旁人於是告訴他，是「大」字加一點！**最後只見他信的開頭寫著：親愛的「犬犬」……。**

**【大師解頤】**

**漢字的筆劃多寡與位置皆影響字型的正確與否，如文中的外國人不明白「太」字與「犬」字的筆劃位置，就鬧出笑話來。**

※一夫一妻制

試卷上有一道題目是：「現在的夫妻制是什麼？」，**結果一名糊塗的學生竟然將一夫一妻制，寫成「一天一妻」制。**

※曰

有個學生查字典時，無意中翻出一個「曰」字，他驚奇地對媽媽說：**「媽媽，『曰』偷吃了什麼呀？怎麼一下子就長得那麼胖呢？」**

※安全帽

自從安全帽雷厲風行以後，每天都有警察站在路旁臨檢，**結果有一位老伯用電鍋作成安全帽，並且在上面寫著「安金帽」**，負責臨檢的警察因爲太專注了，結果撞到

了電線桿。（笑話・聯合報）

※過故人莊

某日國文課上孟浩然的《過故人莊》，某生在打瞌睡，

師：「起來！告訴我，孟浩然拜訪朋友時見到了什麼？」

生：「看到一家醫院。」

師：「亂講！詩上哪有提到醫院！」

**生：「怎沒？第二句明明寫著綠樹村邊『舍』，青山郭外『科』。」**

師：「……」

**【大師解頤】**

這四則例子皆是因字形辨識錯誤而鬧出的笑話，如「夫」字看成「天」字；「日」字誤為「曰」字；「全」字寫成「金」字；「合」字看成「舍」字；「斜」字看成「科」字。可謂「失之毫釐，差之千里」呀！

※子虛烏有

私塾老師吳七，沒什麼學問，常常念錯字，誤人子弟，鄉親們在忍無可忍的情況下，一狀告到縣衙門，縣官傳吳七到公堂問道：

「你教書多年，常唸錯別字，有無此事？」

**「大人，絕無此事，鄉民所說純屬子虛烏有。」**

「你說什麼？烏有？大膽吳七，堂堂把烏有唸成鳥有，知不知罪？」

「小的知罪。」吳七見鐵證如山，只好俯首認罪。

「吳七，你這是認打還是認罰？」

**「認罰！認罰！」吳七怕打，選擇罰繳物品。於是，縣官當堂批下：吳七唸錯別字，誤人子弟，罰雞三隻，免兩隻。**

吳七回去後，急忙拎了一隻雞到縣衙。縣官一看，生氣地說：

「大膽吳七，你怎麼只拿一隻雞來？」

吳七理直氣壯地答道：

「大人不是批示，罰**雞三隻，免兩隻**嗎？」

【大師解頤】

文中的吳七將「子虛烏有」說成「鳥有」；將「免兩隻」看成「免」兩隻，真是錯誤連篇！

【學習天地】

【子虛烏有】

◆釋義：子虛和烏有都是漢代司馬相如〈子虛賦〉中虛構的人物。典出《史記．卷一一七．司馬相如列傳》。後用「子虛烏有」比喻為假設而非實有的事物。

◆典源：蜀人楊得意為狗監，侍上。上讀〈子虛賦〉而善之，曰：「朕獨不得與此人同時哉！」得意曰：「臣邑人司馬相如自言為此賦。」上驚，乃召問相如。相如曰：「有是。然此乃諸侯之事，未足觀也。請為天子游獵賦，賦成奏之。」上許，令尚書給筆札。相如以「子虛」，虛言也，為楚稱；「烏有先生」者，烏有此事也，為齊難；「無是公」者，無是人也，明天子之義。故空藉此三人為辭，以推天子諸侯之苑囿。其卒章歸之於節儉，因以風諫。奏之天子，天子大說。

◆說明：用在「虛假不實」的表述上。

◆用法：陶淵明描寫的桃花源本是子虛烏有，不過是藝術家心中的理想世界罷了。

（教育部線上成語典）

※我叫黃月坡

說話某天，一位老師在發作業簿，念到名字的上來拿簿子。突然，老師叫著：

「黃肚皮！黃肚皮！」

但奇怪的是就是沒人來拿。等到簿子都發完了，老師就叫沒拿到簿子的出來。這時有一位學生就出來拿了，老師就說：

「怎麼剛才不出來拿呢？」這位學生就說：

**「老師我叫黃月坡……」**

※稱呼

一個姓周的稱姓陳的爲「東翁」。姓陳的不知其意，一天大悟，見到姓周的，稱他爲「吉先生」。姓周的說：

「我不姓吉，姓周。」姓陳的說：

**「我姓陳，不姓東，你割了我的耳朵，我不能剝你的皮嗎？」**

※吃飯

有個小男孩叫小志，他才五歲，可是他總是寫字時，搞不清楚左右邊。有一天，他和爸爸出去吃飯，想留個字條給媽媽，上頭寫著：

「媽媽，我和爸爸出去**乞口**飯了。」

※名字

一補習班老師跟學生說道：

「你們的字跡不要寫得太潦草，曾經有學生把我的名字『李澤』寫成『李三睪』，如果你們再不改過來，那我可就要改名叫『李鳩』（『李九鳥』）了！」

※豬舌

從前，有個縣官寫字很潦草，這天他要請客，便寫了一張字條叫差役買豬舌。誰知「舌」字寫的太長，分得太開，差役誤認爲叫他買豬「千口」，這可忙壞了那位差役，跑遍了城裡，又到四鄉去採買，好不容易買到五百口豬，他一想到交不了差便向老爺求情，希望買五百口。縣官生氣地說：

「我叫你買豬舌，誰叫你買豬千口呢？」

差役聽了，應聲道：

**「還好還好！不過以後請老爺注意，若要買肉，千萬寫的短些，不要寫成買『內人』。」**

【大師解頤】

這幾則笑話也在告訴我們，把握正確字形寫法的重要性。寫作者必須掌握漢字的形構，字形太過分離或緊密都不正確，容易造成辨識上的誤解與難度，甚至很可能讓別人在名字上大作文章。

【學習天地】

古人愛用文字來開玩笑的也不乏其人，北宋文豪蘇東坡即是。且看下面的說法：

王安石的《字說》一書剛完成時，東坡就開玩笑地說：「就算用竹子鞭馬可以解作『篤』，但是用**竹子打犬**，又有甚麼好笑呢？」

東坡又說：「按照〈字說〉的理論，這「鳩」字從九從鳥，是有證據的。為甚麼呢？《詩經》不是這樣說嗎：『鳲鳩在桑，其子七兮。』兒子有七隻，再加上爸爸和媽媽，剛好就是九個！」

又有一個說法，說東坡問安石：「『波』字為甚這樣寫呢？」

安石答說：「因為『波』是水的皮。」

東坡又說：「那麼『滑』字是什麼意思呢？難道是水的骨頭嗎？」

**以上東坡的說法把「笑」字、「鳩」字、「滑」字加以說解，是否很有趣呢？**

## ※品學兼優

某天放學後，阿文興高采烈的回家告訴媽媽說：

「媽媽，今天老師發成績單下來耶！而且老師給我的評語是品學兼優哦！」

阿文的媽媽一聽，心想神明保佑，阿文終於開竅，她也對得起祖先了！接著又聽到阿文說：

「咦！可是爲什麼這個品學兼優的『憂』沒有人字旁啊？」

### 【大師解頤】

有時作者故意寫成別字，也能製造另一種諧趣的效果，如笑話中的品學兼「憂」即是。

## ※面皰

某天老師說：「青春痘又叫面皰或是粉刺。」

某甲：「面皰的『皰』好難寫喔！」

某乙：「是啊！」

某甲：「不過我有好方法記耶！」

某乙：「我也有！」

某甲：「我是記住『皮包』就不會忘記了！」

某乙：「**我的方法和你差不多，只是我的順序相反……。**」

某甲：「……。」

【大師解頤】

中國文字的組合千變萬化，有獨體的文，也有合體的字，若能了解其構造方式，就比較容易記住。如第一則笑話中的「皰」字即為左形右聲的形聲字。

【學習天地】

文與字：

「文」與「字」兩字在古代的釋義並不相同。所謂獨體的文，即是字形不能再拆解、分析的，就稱為「文」。例如：山、水、火、上、下……等字形，均不能再加以分析。通常「文」在「六書」（文字構造的六種法則）中指的是「象形」與「指事」字。

「字」則是指由「文」組合而成，可以拆成兩個（或以上）的文。如：江、河、解、男……等字形，都是兩個或兩個以上的「文」所組成的「字」。通常「字」在「六書」中指的是「會意」與「形聲」字。

形聲字：許慎〈說文解字敘〉說：「形聲者，以事為名，取譬相成，江河是也」。簡單的說形聲字是由一個形符（部首或類別）和一個聲符（偏旁帶有聲音關係）所組成，其組成的方式有六種：

左形右聲——如「江、河」等字屬之。

右形左聲——如「雞、鴨」等字屬之。
上形下聲——如「草、藻」等字屬之。
下形上聲——如「婆、娑」等字屬之。
外形內聲——如「園、圃」等字屬之。
內形外聲——如「聞、問」等字屬之。

※蔥炒豬大便

某日一個外國人來到一家台灣的餐廳，服務生：「請問先生來點什麼？」那外國人看著菜單說道：「**來盤『蔥炒豬大便』！**」

菜單：
肉
牛腸湯麵
爆大肚魯當
**蔥炒豬大便**

※統一大飯店

有一個人在美國開了一家飯店，取名為「統一大飯店」。結果，有一天，來了個颶風，把招牌給吹垮了。老板心想，不管狂風暴雨，飯店還是要營業，所以就找了工人把招牌給掛回去。

因爲美國人不懂中文字，招牌掛好後，老板一看差點昏倒，因爲美國工人把招牌掛成：「**一店大飯統（桶）**」！

※友朋小吃

媽媽不在家，小明和爸爸出去吃晚餐，走到一家「友朋小吃」前，父親打算在此解決晚餐，但小朋友堅持不肯進去，爸爸死勸活勸之下，才問明原因：原來小明把招牌上的字看成：

**「吃小朋友」**

※服飾店

南京有一家服飾店，取名爲「依梅島」，店家覺得名稱十分高雅，也夠洋氣。有一名台灣商人從這家時裝店經過，從右往左讀，結果把店名唸成：「島梅依」（與「倒楣衣」諧音），不禁失聲大笑：「倒楣衣，誰敢穿？」

**【大師解頤】**

這四則笑話其實說明了中文與外文書寫方式的不同。中文直式書寫一般是由右而左書寫，外文則是由左而右橫式書寫。近年來由於電腦的使用相當頻繁，因此中文的橫式書寫也比照外文採行由左而右書寫。

如第一則笑話中所列的菜單用橫式呈現，卻是由右而左書寫，才讓外國人混淆了！二、三、四則笑話同樣也由於書寫與閱讀順序的問題而鬧出笑話！

※ 半字之差

從前，有兄弟兩人，老大在家種地，老二在外做生意。有一年他們的父親去世，老大給老二去了一封信說：

「父親病故要埋葬，手中沒有錢。」

老二接信後連忙回了信。信中寫到：

**「既然手中沒有錢，你賣了我的她（地）也行，賣了你的她（地）也行。」**

老大一看，心想就賣了你的她吧！結果他就把弟媳婦賣了，料理了父親喪事。一年後，老二從外地回來了。進了家門，不見他的媳婦，忙問老大說：「哥，我的媳婦哪去了？」

老大說：「賣了」。

老二生氣地說：「你怎麼把我的媳婦給賣啦！」

老大拿出老二的信來說：「老二老二，你莫急，這信上說得很詳細。」

老二接過信一看，**原來自己將「地」字寫成了「她」字**，只因寫錯半個字。賣了老婆辦喪事。

※ 飯桶

小玲的哥哥問小玲說：

「今天還需要我幫妳寫作業嗎？」

小玲卻很生氣的說：

**「不必了！你昨天幫我把一『頓』飯寫成一『噸』飯。同學都笑我是大飯桶！」**

※大吃一斤

一日，小明的老師要他寫一則日記，題目是：我最難忘的一件事。小明寫道：「昨天早上，我要去上學，一打開門，卻見一堆狗屎在門口。我就大吃一斤！接著，姊姊也要去上學，她看到了，也大吃一斤！趕緊叫爸媽出來看，結果他們也都**大吃一斤**！真是令人難忘的一天！」

【大師解頤】

第一則故事看似誇張，事實上也在告訴我們仔細辨別字形的重要性，每一個字的點畫橫豎以及部首偏旁都必須認清楚，否則就像故事中的老二一樣，連老婆被賣了都莫名所以！二、三則笑話也在說明書寫字形必須正確，不可寫別字，徒留笑柄。

※認本家

從前有個姓王的窮秀才，破衣爛衫的，一些勢利眼叫他「王窟窿」。誰想後來中了頭名狀元，做了大官，那些勢利眼又趕著和他認本家，這天來了三個自稱本家的人要拜見新科狀元，被隨從擋住，問是何本家。第一個姓汪，說：

**「我這王沾了水，甩了就是同族。」**第二個姓匡的說：

**「我和狀元同宗住一個院裡。那年狀元不在家，塌了東院牆，我才改成破院子王。」**第三個姓田，隨從生氣的說：「看你姓田的如何姓得成王！」姓田的說：**「我是狀元當然的本家。我把兩塊臉不要，你看姓得成王姓不成王！」**

**【大師解頤】**

這一則故事中的人物運用了中國文字合體的特質，一個「王」字加上不同的部首，就有不同字形的變化。

※ 無恙

有個秀才讀書不求甚解，不懂裝懂。一次，有人請他唸信，信中有「安然無恙」一詞，秀才卻唸成**「安然無羔」**。

那人聽不懂，便問：「『無羔』是什麼意思？」

秀才解釋說：「『無羔』嘛！就是說她從來沒有懷過小孩。」

請秀才唸信的人，他的朋友是個男的。他聽了，百思不得其解：「男人怎麼忽然變成女的了？」

**【大師解頤】**

故事中的秀才因沒有辨清字形，導致對成語的解釋有了錯誤，可見使用文字不可不慎呀！

【學習天地】

【安然無恙】

◆釋義：恙，禍患、疾病、憂慮。「安然無恙」指平安沒有疾病、禍患、憂慮等事故。

◆典源：《戰國策．齊策四》：齊王使使者問趙威后。書未發，威后問使者曰：「歲亦無恙耶？民亦無恙耶？王亦無恙耶？」

◆說明：「恙」是傳說中的一種噬蟲。《風俗通義》上記載：「恙，噬人蟲也，食人心。人每患苦之，故俗相勞問者云『無恙』，非為病也。」由於古人居住環境衛生較差，容易被恙咬傷，引發疾病，所以「恙」就成了疾病、災禍的代名詞。有小病的話，就稱為「微恙」、「小恙」，沒有病就是「無恙」。

◆用法：用在「安好無傷」的表述上。看到他安然無恙地回到家裡，我們都鬆了一口氣。

※肚子大了

在文化大革命中，有一位女知青給家裡寫了一封信，信上寫道：

「爸爸媽媽，我下鄉時，肚子很小，見啥都怕。現**在我的肚子慢慢的大起了……**」

爸爸媽媽接到信後，大為吃驚，媽媽不放心便下鄉去看望女兒，**見面後，才知道女兒把「膽」字寫成「肚」字了！**

※馬肉

有個名叫「馬芮」的人，有一天，他去醫院看病。等了二十分鐘，聽到護士叫：

「**馬內**，誰叫馬內？」

他見無人答應，猜想是叫自己，便走進門診室。

結果醫生要他驗血。在化驗室，化驗員叫的卻是：

「**馬苗**，你的血化出來了！」

他忍氣吞聲來到藥房，藥劑師包好藥後大叫：

「**馬丙**，來拿藥。」

最後還要打針，來到注射室，一位護士噗嗤一笑：

「喲！這位病人怎麼叫**馬肉**？」

**【大師解頤】**

第一則文中的小女孩因書寫錯誤的字形，導致父母親產生誤會。第二則例子中一個「芮」字，竟然被錯認為「內」、「苗」、「丙」、「肉」等字，皆是因不辨字形而對姓名產生的誤讀。

※別字大王

有一個人正看《水滸》，朋友看他，便問他：「你看的是什麼書？」

他說：「《木許》」

朋友聽了，很詫異心裡想：「自己看過的書很多，但是沒聽過《木許》這本書的。」

於是又問他：「請問書中有什麼人？」

他回答說：「正看到『季達』的故事。」

朋友越發奇怪了：「歷史名人很多，卻沒有聽說有『季達』這個人。」

於是又問：「『季達』是怎樣的一個人？」

他回答說：「這人很**男取（勇敢）**，手使兩把**大爹（斧）**，有萬夫不當之男（勇）。」那朋友越聽越糊塗。

※ 別人有命我無命

**從前有父子二人都是出了名的別字先生。有一次，兒子外出經商，途中遇雨，他沒有傘，就寫信告訴他父親說：**

「父親大人，兒走到半路，天下大雨，別人有命（傘）我無命（傘），有命（傘）帶命（傘）來，無命帶錢來買命（傘）。兒上。」

父親接到他的來信，看了一遍，就寫信回覆說：

**「你會馬（寫）則馬（寫），不會馬（寫）則罷（罷），堂上有容（客），差（羞）死我也。父字。」**

【大師解頤】

第一則故事裡這個人可說是當之無愧的別字大王，他錯將「水滸」讀成「木許」；「李逵」看成「季達」；「勇敢」看成「男取」；「大斧」看成「大爹」；萬夫不當之勇的「勇」字看成「男」字，實在讓人啼笑皆非。第二則故事中的父子，錯別字連篇，可說是半斤八兩，讓人捧腹。

【學習天地】

水滸人物——**剛直、勇猛的好漢黑旋風（李逵）李逵**，祖籍沂州沂水縣百丈村人，又叫李鐵牛；膚色黝黑，性格暴烈，心粗膽大，綽號「黑旋風」。在家鄉打死人後，逃到江州，在戴宗手下做一看牢房的小卒。

宋江被發配江州，吳用寫信讓江州兩院押牢截擊戴宗照應。不久和宋江認識。戴宗傳梁山假書被識破，和宋江兩人被押赴刑場殺頭，李逵率先揮動一雙板斧打去，逢人便殺，勇猛無比。

上梁山後，思母心切，就回沂州接老母，翻越沂嶺時老母被老虎吃了，李逵生氣殺了四虎。李逵請盧俊義喝酒，盧俊義想推辭，他卻要「眉尾相結，性命相撲」。李逵對宋江情分最重，對他的話言聽計從，可是一旦知道宋江做了傷天害理的事卻決不輕饒，要和他大動干戈，結果發現是一場誤會。在眾好漢中，李逵一直反對招安。

招安時，李逵不願受招安，大鬧東京城，扯了皇帝詔書，要殺欽差，還砍倒梁山泊杏黃旗，要反攻到東京，為宋江奪皇帝位子，多次被宋江制止。李逵受招安後被封為鎮江潤州都統制。
宋江飲高俅送來的毒酒中毒後，想到自己死後李逵肯定要聚眾造反，怕壞了梁山泊的忠義名聲，便讓李逵也喝了毒酒一塊兒被毒死了。（維基百科）

※畫符

有個私塾先生，閑時寫字賣錢，他寫的字十分潦草，沒有人看得懂。有一天，鄰居拿了一張黃紙頭，去請他寫字。他問：「寫什麼字啊？」

鄰居說：「隨便寫吧，反正我是拿去當符用的。」

他聽了氣沖沖地說：「畫符該去找道士。我是先生，如何畫符啊？」

鄰居笑說：

**「不瞞先生，我們看了先生的字，沒有一個不像張天師畫的符。人看了都害怕了，鬼看了當然更害怕了。所以我想不用請道士，找你就行了。」**

※草字大王

有一個人，字寫得特別潦草，人稱「草字大王」。一天，草字大王領著兒子去公園遊玩，突然詩性大發，提筆在紙上草了一首詩，寫完，叫兒子重抄，兒子回到家後看了半天，也沒認出一個字，只好去問他，草字大王接過詩稿，看了好一陣，竟大怒道：

**「混帳！認不得昨不早問？現在連我也認不出來了！」**

【大師解頤】

第一則故事中的私塾先生寫字潦草有如畫符；第二則故事中的父親則是字跡潦草得連自己都不認得了！這也警惕我們在寫作時一定要將字形寫得清楚明白，不致讓人費解。作文字跡的好壞，對批改者而言，容易造成先入為主的概念，並可能決定了分數的高低，因此即使文章寫得再好，字跡亦須達到筆劃清晰的基本要求！

※請寄些空白稿紙來

作者：「編輯先生，作者關心的是內容，只有油漆匠才關心外表。如果你認爲我的原稿紙張骯髒，字跡潦草，難以排印，可以請無論什麼人重新抄一遍。」

編輯：「作者先生，編輯首先看到的是外表，然後才有可能體會內容。如果你認爲外表美觀的稿件難以書寫，可以寄空白稿紙來，我們將請無論什麼人在上面書寫內容。」

【大師解頤】

文章和人一樣，給人的第一印象是很重要的，乾淨的文面和骯髒的文面給人的感覺就不同。一個人既要有心靈美，也要有外表美。寫文章也同樣，既要有好的內容也要有美的文面。上面這則笑話，編輯先生將了作者先生一軍，這軍，將得有道理！

【學習天地】

所謂「文面」，就是文章的「面貌」，是一篇文章在讀者的視覺上顯示出來的「總體面貌」，它包括行款格式、文字書寫、標點符號等，它是寫作的基本要求。注意文面美的重要釋義是：使內容得以準確表達；使文章有視覺美，讀者樂於接受，便於接受。

文章是具有「信息傳遞」之功能，因此清楚、明晰、工整、美觀的文面才有利於資訊傳達。如果不注意行款，字跡潦草，亂塗亂改，標點失當，文面紊亂，使人不堪閱讀，就不能達到交流的目的。好的文章應該從內容到文面都給人美的感受。

※姓

有一位富家子弟問老師說：「『一』這個字怎麼寫呢？」

老師回答說：「一畫而已。」

「『二』，怎麼寫呢？」

老師又說：「兩畫。」

「那麼，『三』怎麼寫呢？」

老師回答說：「三畫。」

富家子弟好像什麼都懂了，說：

「哈！天下的字，都可以用『一』來解決了！」

剛好，他的父親正託一位朋友找書記，這時候，富家子弟說：

「何必麻煩別人呢？我就可以勝任了，」他的父親聽了，非常高興。

有一天，他父親派他寫一張請帖，送給一個姓萬的人。富家子弟寫了很久，都沒能寫好。他的父親催了好幾次，這時，富家子弟埋怨說：

**「什麼不好姓，偏偏要姓萬呢？我畫了這麼久，才畫了五百多畫！」**

**【大師解頤】**

富家子弟只學了一和二，就以為天下的字都可以用一來解決了，便不再認真的學習，以致於當他父親以為他寫一個「萬」字怎麼寫那麼久，進而一探究竟後才知「他才畫了五百多畫」而已。這就是做學問不夠踏實，沒有從根本做起，以為自己已經都懂了，而不肯進一步學習，這對於創作來說是很大的禁忌。因此要學寫作文之前，切記把握字形的種種變化，書寫正確才是！

※老者應試

有一個白髮蒼蒼的老者，前去應試，主考官對他說，如能對出他所出的聯句，就錄取他，聯曰：

**「上鉤曰老，下鉤曰考，考老童生，童生考老」**。老考生接著道：

**「一人為大，二人為天，天大恩情，恩情天大」**，因此而錄取了。

※父子應試

滿清時，有父子二人同舉進士，自負地在門口貼上一副對聯。

**上聯是：「父進士，子進士，父子雙進士」**

下聯是：「婆夫人，媳夫人，婆媳雙夫人」。

有一秀才見此聯，惡其自大，提筆改之爲：

「父進土，子進土，父子雙進土；

婆失夫，媳失夫，婆媳雙失夫」。

兩位進士見之，氣得差點真進了土。

【大師解頤】

第一則文中的老者掌握了字形的變化，說得頭頭是道，也順道捧了考官，妙哉！第二則故事中的秀才同樣把握字形的變化，將「士」改為「土」；「夫」改為「失」；「人」改為「夫」，達到譏諷的效果。

※ 呂聶配

呂小姐：「我要找一個與我登對的男友。」

婚姻介紹所職員：

「呂小姐，我們的電腦認爲你多了一張嘴說話，所以找了一個姓聶的男子配你，他有足夠的耳朵聽你嘮叨。」

【大師解頤】

這一則短篇是利用文字的字形（呂、聶均屬六書中的會意字）來製造趣味性。

## 【學習天地】

**會意字**：許慎〈說文解字敘〉說：「會意者，比類合誼，以見指撝，『武』、『信』是也」。

「比類」即將此一類與彼一類匹配而成；「合誼」即會合其釋義。「指撝」即所指之意向。比合兩個以上獨體文（同文或異文）之釋義，以表現一個合體新字之旨趣意向者，謂之「會意」。簡單地說，會意字就是把兩個或兩個以上的象形字（即文）組合在一起，表示一個新的意思。它和形聲字一樣是屬於合體的「字」。

**會意字類型**：

**異體會意字**：用不同的字組成。如「武」，從戈從止。止是趾本字，戈下有腳，表示人拿著武器走，有征伐或顯示武力的意思。

**圖形式會意字**：取（割取耳報功）隻（手抓一隻鳥，引申為一隻鳥、只）丞（拯救義，拯字初文）。

**主體與器官組成的會意字**：望（人豎目眺望遠方）臭（嗅）企（企足而望之）。

**同體會意字**：用相同的字組成。如「從」，表示兩人前後相隨；「比」，表示兩人接近並立。

**二字重複**：友（兩手相疊，友善之意） 朋（兩串貝）赫（火紅色）呂（指人或動物的脊椎骨塊塊相連）。

**三字重複**：焱（火盛）轟（眾車聲）聶（附耳低聲細語）

※殺人見血

國文課說到「殺」字的正確寫法時，班上同學爲這個字裡面是否有一點起了爭論，有個同學堅決認爲寫這一點是必要的，**因爲「殺人見血」**。

【大師解頤】

**這一則短篇雖是博君一笑，然也可以幫助我們運用在平常記憶、背誦正確的字形上面。**

※列祖列宗

小明對同學說：「我爸爸看到我的作文簿後，把我痛打了一頓。」

「有這麼嚴重嗎？」

「也怪我太不小心」小明解釋道：**「我把我家的『列祖列宗』，寫成『劣祖劣宗』了！」**

【大師解頤】

這一則笑話告訴我們正確使用字形有多麼重要，不然連祖宗都要倒楣囉！

## 字音

※真假

有人挖了一座魚池，然而卻不停地有鳥飛來偷魚吃，於是他就做了一個戴著斗笠、披著簑衣的稻草人，立在魚池中，想藉稻草人來把鳥嚇走。一開始，鳥都很害怕，後來，才知道這只是個稻草人，於是，又飛到池裡來偷魚，還站在斗笠上吃飽了才飛走，並且叫著：

**「叚（假）！叚（假）！叚（假）！」**

魚池主人無可奈何，就把稻草人撤走，自己穿上簑衣，戴上斗笠，站在魚池裡。而鳥以為還是原來的稻草人，仍然飛來偷吃魚。這時候，主人一伸手，就把鳥抓住了，笑著說：

「你每天都叫著假假假，今天卻遇到真的了！」

※抛毛

道士、和尚和大鬍子，三個人搭船過江，船到了江心，忽然狂風大作，船好像就要翻了，和尚和道士非常著急，趕快把經書丟進江裡，求神佛保佑，但是，大鬍子沒有什麼可丟的，就拔下幾根鬍子丟進江裡，道士覺得很奇怪，問他說：

「你拔鬍子有什麼用呢？」大鬍子回答說：

**「我在抛毛（錨）哇！」**

※欠兩條梁

有個人用盡財產，建了一棟高大華麗的堂屋，堂屋蓋好了以後，衣食方面卻很缺乏，有人就說：

「堂屋蓋得很好，但是，只欠兩條梁。」旁邊的人問他原因，他就回答說：

**「一條是不思量（梁），一條是不酌量（梁）。」**

※槐樹不敢死

隋朝秀才侯白非常機智，有一次，和楊素騎馬並行，剛好路旁有棵槐樹，看來就快枯死了，楊素說：

「侯秀才智慧超過平常人，能使這棵樹起死回生嗎？」

侯秀才聽了，回答說：「拿槐樹子，掛在樹枝上，樹就能活下去了。」

楊素聽了，覺得很奇怪，就問他說：「爲什麼？」

侯秀才回答說：「論語說：**『子在，回（槐的諧音）何（怎麼）敢死？』**」

※雞

有一位富農，把田租給張三耕種，每畝收一隻雞當田租。富農來收租的時候，張三先把雞藏在背後，富農就故意說：「此田不給張三種。」

張三聽了，趕快把雞送給富農，富農又說：「不給張三又給誰好呢？」

張三聽了，就問富農說：「爲什麼開始時不給，後來又給呢？」

富農回答說：

**「開始的時候是無雞（稽）之談，後來是見雞（機）行事啊！」**

【大師解頤】

以上幾則故事利用了文字讀音相同的特性，製造雙關的趣味。

【學習天地】

【古今人物介紹】

**楊素：**（—六〇六年），字處道，弘農華陰人，北周、隋朝軍事家、詩人，曾任楚景武公。其祖楊喧在北魏是中等官員（輔國將軍、諫議大夫），父楊敷是北周開國功臣（汾州刺史）。

北周建德六年／北齊承光元年（五七七年）時平北齊，封成安縣公。在滅陳朝之戰中，作戰長江中游，以功領荊州（今湖北江陵）總管，進爵郢國公（後改越國公），轉官納言、內史令。開皇十八年（五九八年），大敗西突厥；仁壽二年（六〇二年），又率兵大敗東突厥執失思力俟斤於雲內（今山西大同）。一般相信楊素曾在楊廣奪位時參與其事。

大業元年（六〇五年）為尚書令，與西京大興城建築總設計人宇文愷等奉詔營建東都洛陽城。次年又進位司徒，改封楚公，因功高震主受楊廣所忌，同年病死。其子楊玄感後來反叛隋朝。

**顏回：**（前五二一年—前四八一年顏回），字子淵，一作顏淵，又稱顏子，孔廟大成殿四配之首—人稱復聖，魯國人，是孔子最得意的學生，孔子七十二門徒之首，孔門十哲德行科的高材生，是孔門弟子中德行修為最高者，所以得到特別的尊重。

《孔子家語》中有顏回一篇，據說顏回非常聰明，深曉推理之術，他主張為人要謹慎，克己，多注意自己的行為是否正確，而不應該嚴以待人。但是孔子門下的學生中，最有聰明才智的卻不是顏淵，而當以子貢等人為代表，所以顏淵不是以智慧才華而出眾，而是以德行修為取勝，他在與孔子談論志向時，曾說我無伐善，無施勞（我希望我不炫耀自己的長處，有功勞，也不誇耀）。

顏淵家境貧困，《論語》中孔子說「賢哉回也，一簞食，一瓢飲，居陋巷，人不堪其憂，而回不改其樂，賢哉回也」，其「一簞食，一瓢飲」的安貧樂道的精神為後世傳為佳話。顏淵有才無壽，「年二十九髮盡白，早死，……死有棺無槨。孔子對此非常難過，發出「天喪予？」的感歎。（維基百科）

【無稽之談】

◆釋義：沒有根據，無從考查的話。

◆典源：清紀昀《閱微草堂筆記、卷三、灤陽消夏錄一》：陰蓄一貌類己者，以備代死，後在阜城尤家店，竟用是私遁去。余謂此無稽之談也。《掃迷帚、第二十三回》：愚民聽信無稽之談，以致自耳其禍，可為浩嘆。亦作無稽之言。

◆用法：馬雅人預言二零一二年是世界末日，這真是「無稽之談」呀！

※青蛙

老師講解清朝歷史，發現有個學生在睡覺，就大聲叫醒她，問她：

「清廷最大的敵人是什麼？」

**「青蛙。」**那同學迷迷糊糊地回答。

【大師解頤】

這一則短篇中的學生將「清廷」誤聽為「蜻蜓」，鬧出了笑話。這也是同音字所造成的困擾，因此在書寫或說話時應該表達清楚，極力避免誤讀、誤認的情形產生。

※五香乖乖

小明的媽媽要他去雜貨店買五香乖乖，當小明去了很久都還不回來，媽媽決定自個兒去看看到底是怎麼回事，結果看到小明就站在雜貨店的門口傻傻地等，媽媽不高興地問他：「我要你買**五香乖乖**，你在搞什麼呀？」

小明一臉無辜地說：

「老闆說他只有**三箱**乖乖，所以要我在這裡等，他去別的地方調貨！」

媽媽：「……」

【大師解頤】

同音或音近的字，常是書寫的關鍵所在，假如不把聲音和字義弄明白的話，常有寫錯字之可能，所以事先確定自己到底要寫那一個字，還是那一個詞，想清楚字形才下筆，才能寫出正確無誤的好文章，否則便如故事中的小明將媽媽的意思弄錯了！

※總統是誰？

話說蔣公死後，在天堂遇見國父。

國父問他說：「我死後民主實行的如何呢？」

蔣公說：「很成功啊！」

國父高興道：「那第一任總統是誰呢？」

蔣公驕傲的說：「就是我！」

國父道：「很好啊！第二任呢？」

蔣公不好意思的說：「**于右任**。」（**余又任總統**）

國父說：「好！書法家做總統，第三任呢？」

蔣：「**吳三連**。」（**吾三連任總統**）

國：「好！新聞界也有做總統！第四任呢？」

蔣：「**趙麗蓮**。」（**照例連任總統**）

國：「好！教育家也有做總統，第五任呢？」

蔣：「**趙元任**。」（**照原來任總統**）

國：「太好啦！輿論界也有出總統的！第六任呢？」
蔣：**「伍子胥。」**（**吾子繼續**）
這時國父才狐疑的問：「連古人也來做總統嗎？」

**【大師解頤】**
這一則笑話指出說者之意往往會被聽者所誤解或曲解，使用字詞時不可不慎！

**【學習天地】**
**【古今人物介紹】**

**于右任**：于右任（一八七八年─一九六四年）原名伯循，右任為字，後以字代名，號騷心，又號髯翁，晚號太平老人，陝西三原人，為清光緒二十九年（一九〇三年）舉人。

曾追隨國父　孫中山先生從事民主革命運動，是早年之監察院長，其書初學趙孟頫，後改習北碑，並以魏碑為基礎，將篆隸草法融入行楷，中年以後則以草書為主，亦以魏碑筆意創造所謂「于體」，於一九三一年首創草書研究社整理成「標準草書千字文」。

**吳三連**：吳三連（一八九九─一九八八），台灣台南學甲人，日本東京一橋商科大學畢業。日治時期擔任《台灣新民報》記者，為台民喉舌；留日時曾參與抗日運動，為台民爭權益。戰後歷任國大代表，首屆民選台北市市長（改制前）、台灣省議員、國策顧問等公職。卸下公職後，全力協助發展台灣經濟，創立台南紡織、環球水泥及大台北瓦斯公司等民間企業。從政經商之外，並致力於文教事業，經營《自立晚報》，創辦天仁工商、延平中學及南台工專（今南台科技大學）等校，為日治時期與戰後台灣民族運動、社會運動及政治運動的先驅人物。

**趙麗蓮**：中德混血兒。出生於美國紐約州，父親趙士北是廣東人，法學博士，為國民黨元老。她在八歲時到中國，就讀於上海美國學校，一九〇九年離開上海，就讀德國來比錫音樂院。兩年後中輟回中國，直至一九一五年才返回來比錫取得音樂碩士學位。學成歸國後任教於北平女子高等師範學院，一九一九年奉父命與唐榮祚（唐紹儀之侄）結婚，婚後育有一女二子。

以後以個人背景寫了《混血兒的悲劇》（Half Caste），並以此著作獲得美國哥倫比亞大學文學名譽博士學位。一九三〇年結束婚姻。戰後局勢動盪，一九四八年輾轉來到臺灣，任教於師大、臺大，隔年於中廣主持「空中英語教育」，繼創辦《學生英語文摘》。一九六三年自臺大退休後，全心投入廣播教學，一九七二年並以「鵝媽媽」的扮相於中華電視臺開闢兒童英語教學節目。後以血癌辭世，享年九十一歲。

**趙元任**：趙元任（一八九二—一九八二年）江蘇常州府陽湖縣人。國外發表論著則名Y•R•Chao. 一九一〇年七月以「榜眼及第」考上清廷「游美學務處」在北京招考的第二批庚款游美學生。一九一〇年八月入美國康乃爾大學（Cornell University）讀大學，至一九一四年畢業。一九一五年考入哈佛大學，一九一八年獲該校哲學博士學位。

趙元任為世界知名之語言學家，音樂家，並在文學、數理、哲學各方面均有所成就。趙元任是中國語言科學的創始人。關於他在這方面的表現，羅常培先生曾評介如下：他的學問的基礎是數學、物理學和數理邏輯，可是他對於語言學的貢獻特別大。當今科學的中國語言研究可說是由他奠定了基石，因此年輕一輩推崇他為中國語言學之父。

**伍子胥：**伍子胥（前五二六年—前四八四年），名原，字子胥，春秋時期楚國人，後來吳國封他於申，因此又叫申胥。伍子胥先祖伍舉，以正直進諫楚莊王而得名聲，因此其後代於楚國亦有名聲，其兒子為伍封。

在楚國時，伍子胥的父親伍奢被讒臣費無忌所害，在楚國被囚禁，楚平王與無忌以伍奢為人質，要脅伍子胥與其兄伍尚相救，否則殺死伍奢，其實楚王與無忌欲殺伍子胥兄弟以除後患。伍子胥已料到楚王與無忌的詭計，勸兄長伍尚勿往，要留有用之身為父報仇，可惜伍尚不忍心眼睜睜看到父親被害，最終亦去相救而被擒。伍子胥逃出楚國後得悉父兄被殺，混出昭關（傳說一夜愁白頭），一路求乞（後世有將其奉為丐幫始祖），歷盡千辛萬苦逃到楚的仇敵吳國。

在吳國，公子光以專諸弒吳王僚後，自立為王，是為吳王闔閭，其後伍子胥受到闔閭重用，擊敗了楚國，破楚都郢，掘楚王墓，鞭屍三百。後來，吳王夫差打敗了越國，越王勾踐投降，伍子胥認為應一舉消滅越國，但是吳王為伯嚭所讒，不聽「聯齊抗越」的主張，前四八四年便賜劍令他自盡。

伍子胥留下遺言要家人於他死後把他的眼睛挖出，掛在東城門上，看越國軍隊怎麼滅吳。吳王夫差極怒，五月初五把他的屍首用鴟夷革裹著拋棄於錢塘江中。這是端午節的另一則由來，據考察，此事比楚人屈原投江自盡為早。後來吳國果然被越王勾踐所滅，夫差羞於在陰間見到伍子胥，用白布矇住雙眼後才舉劍自盡。

司馬遷對伍子胥的評價頗高：「怨毒之於人甚矣哉！王者尚不能行之於臣下，況同列乎！向令伍子胥從奢俱死，何異螻蟻。棄小義，雪大恥，名垂於後世，悲夫！方子胥窘於江上，道乞食，志豈嘗須臾忘郢邪？故隱忍就功名，非烈丈夫孰能致此哉？」雖然對伍子胥破楚時的所為不滿，但認為伍子胥是不拘小節的烈丈夫，不會白白送死，能忍受屈辱，最終為父親報仇雪恨，成就不朽之名。

※條件

男：「你選擇對象有些什麼條件？」

女：「也沒有什麼條件，『投緣』就可以了！」

男：「那……頭扁的……不可以嗎？」

【大師解頤】

短文中的男生誤將「投緣」聽成「頭圓」，因而有如此啼笑皆非的回答。

※有理

有一個人被縣官抓去，跪在堂前，聽說要打他，忙說：「別打，小人有理。」

縣官誤以為「有禮」，於是轉怒為喜，立刻喝住衙役：「慢，停下！」兩眼直盯著那人拿出這份「**禮**」來。那人卻說：「我有道理，為何挨打？」

縣官一聽，原來他說有「禮」是這個「理」，臉色一變，喝道：「不管有理無理，給我狠狠打。」

※詩體

師問：「中國最古老的**詩體**（**屍體**）為何？」

阿呆：「北京人。」

※班花

訓導主任自習課的時候探頭進門口說：「請班長選三個人出來，要『**班花**』。」班長於是很認真的在班上選出三個漂亮妹妹。三個漂亮妹妹於是很害羞的問訓導主任：「請問我們要做些什麼事呢？」訓導主任：「跟我到訓導處『**搬花**』……」

【大師解頤】

以上三則不管是「有理」聽成「有禮」；「詩體」聽成「屍體」；「搬花」聽成「班花」；都是因讀音相同造成釋義上的誤解。

※秀才和屠夫

「遇到秀才談書，遇到屠戶讀豬」這句話是有來歷的。

從前有兩親家，一個秀才，一個屠夫。這一天兩親家碰到一起了，少不了要話家常，擺擺龍門陣，兩親家是「九老十八匠，各屬一行」，都讀自己的行話，總是扯不上，秀才親家來擺出一副斯文的樣子，搖頭晃腦的說：

「書，有四書五經。」屠戶親家反問道：

「豬屁股五斤?那不一定，要看豬子的大小肥瘦。」秀才親家忙說：

「呃，親家，我是在談古哩。」屠夫把手一擺：

「不，估的沒過秤好，這秤是走明路的。」秀才十分惱火：

「親家，我是在說文!」屠夫把鼻子一聳說：

「豬屁股那麼臭你去聞嘛!」

【大師解頤】

這一則故事中的秀才和屠夫簡直就是雞同鴨講！這也告訴我們因為身份職業的不同，在語言上也會有特定字句的用法、讀法，若不能瞭解這一點，就可能造成說話者與聆聽者之間的誤會。

※ 年終考核

某公司老闆對員工年終考核評語：

甲等——**惠**我良多。

乙等——**費**我良多。

丙等——**廢**我良多。

對喜歡和老闆頂嘴當然是：

丁等——**吠**我良多。

**【大師解頤】**

**這一則短文運用了讀音相近，但釋義不同的語句來製造趣味性。**

※ 提前來講

有個法官負責審理某甲的貪瀆案件，在法官原本排定好的開庭日前一天，某甲去向法官說：

「我明天要出國去了，可不可以請法官把開庭的時間延後一下？」

但是法庭的時間表不是那麼容易就可以隨便更動的，尤其是在時間已經這麼緊迫的情形之下更是不可能作得到：所以法官就很生氣，用力的拍著桌子說道：

「你要出國可以，可是為什麼不**提前**來講呢？」

結果，後來某甲反而告這名法官當眾索賄……。

**【大師解頤】**

在日常生活當中，由於同音字的關係有時會造成不必要的誤解，如文中的法官用了「提前」的詞語，結果某甲聽成「提錢」，真是百口莫辯。因此在使用此類同音的字詞時，應格外注意可能產生的誤會。

※ 全不懂

甲班上數學課，老師剛講解完三角函數問：「同學都懂嗎？」

生曰：「**全不懂**」

師曰：「**全部懂**，很好，有進步，接著往下教……。」

※ 主治醫生

男子：「你幫我看看屁股上的痔瘡，是否要開刀。」

醫生：「對不起，這不是我的專科。」

男子：「那爲何大家都叫你主『**痔**』醫師。」

※ 逆向行駛

由於停車不便，小孩上才藝課都由我騎機車接送 。一日，接他們下課時，坐在後座的兒子說：「媽，妳**內向嫻淑**。」

喔！從來沒有聽過就讀四年級的兒子這麼稱讚過我，一陣溫暖、甜蜜湧上心頭！想再聽一次，於是我問：「兒子，你說什麼？」

他說：「媽，妳剛剛**逆向行駛**。」

※你真漂亮

某天上班時，因爲時間緊迫就一路狂奔，奇怪的是，沿路有一無聊的男子一直對我說：「**你真漂亮**。」不停地重複說著這句話，而且跟了好幾個路口。終於到了一個十字路口，遇到了紅綠燈，自己因爲那位仁兄的話，不禁對著後視鏡看看自己的容貌，心裡想著自己確實是保養得宜，結果那位老兄竟然騎到我的面前，對著我說：「小姐，你打算要我說幾次？**你的車燈在亮！**」我當場就愣在那裡。

※請假

學生滿面病容地向教官說：「教官！我頭發燙想請假回家休息！」
教官：「什麼？你頭髮燙想請假？」
學生說：「不是！不是！我是**指頭痛想請假！**」
教官：「什麼？你**指頭痛？**」

**【大師解頤】**

以上數則也是由於聽者的誤會所造成的狀況，寫作時尤其應避免類似情況發生，以免影響文意。

※一「棲」（欺）三年

從前有個私塾先生在向學生授課時，書上有一個「島」字，這位先生一時記不起這個字的讀音，急得滿頭大汗。忽然，先生靈機一動，他想，這「島」字不是一隻棲在山上的鳥嗎？於是，就教學生讀「棲」，就這樣，以訛讀訛，直到三年任教期滿。

事有湊巧，新聘的先生第一天授課時也遇到「島」字，他按正確讀音，念「倒」，那知學生都說先生讀錯了，先生堅持「島」的讀音念「倒」但是一人難與眾口辯，學生放學回到家裡，家長們問：「新來先生教得怎樣？」學生們無一不說：這個先生比以前那一個差多了，第一課便讀錯了一個字，而且還不認錯。

第二天，村長根據大家的意見，把新來的先生解僱了。先生有口難辯，一邊收拾行裝，一邊嘆道：

**「人家一欺（棲）三年，俺是說島便倒。」**

【大師解頤】

這則笑話中的別字先生害人可真不淺！他教學生把「島」念成「棲」，而且一念就是三年，對於學識不深的學生來說，謬誤也可以變成真理，以致後來新老師來了，正確竟被當作謬誤，無法立足。不過新老師利用諧音雙關調侃自己，亦是一絕！

※美人

歷史課上，老師問：

「漢朝和唐朝的審美觀有什麼不同？」

學生答道：

「漢朝……如趙飛燕，是『美人上馬馬不知』

唐朝嘛……如楊貴妃，是『美人上馬馬不支』！」

※翻跟斗

潘艮斛喪父，跟妻子乜氏商量之後，請了道士來作法事。夫妻倆身穿孝服，跪在靈前。道士循例念經，因爲他識字不多，當他念到「孝男**潘艮斛**」時，只好有邊讀邊，唸成「**孝男翻跟斗**」。潘艮斛爲了表示對亡父的孝心，只得在靈前翻跟斗。道士知道念錯，但礙於情勢，只好錯下去。當念到「孝媳**乜氏**」時，又唸成「孝媳**也氏**」

潘艮斛聽了，趕緊從地上站起來對道士說：

「我翻跟斗不打緊，但內人也翻跟斗就危險了，因爲她已經懷有六個月的身孕了！」

※廣播

有一天，擴音器傳來一段話，把全校師生笑破肚皮了，教務主任說：

「請賈**仁毅**（**假人義**）、**劉雪**（**流血**）、**傅疆禮**（**不講理**）等同學到教務處來一趟。」

※麋鹿

去年耶誕節時，三歲的女兒問我：「媽媽，為什麼耶誕老公公旁邊的牛，大家都說牠是**『迷路』**（麋鹿）？」那牠迷路了，就不能帶耶誕老公公送禮物給我了呀！（聯合報）

※我就是部長

在政府某行政部會，一天，有一位民眾要申訴，於是就打電話到某部長辦公室，這位民眾問：「請問部長在嗎？」

接電話者說：**「我就是不講。」**

結果兩人你來我往，雞同鴨講了半天，這位民眾才聽懂接電話者所說的是：**「我就是部長。」**

※YA

一般老師在點名的時候，同學會答「有！」可是有一天……

老師：「蔡小明」

同學：「YA！」

老師覺得很奇怪，為什麼這個同學和大家不一樣？於是又再叫他的名字。

老師：「蔡小明」

同學：「YA！」老師火大了，便把那同學叫了起來，問他為何和大家不同？

同學回答道：**「老師，我姓葉！」**

老師：「……」

※人事

一天，人事部的張主任調到別的部門去了，一位他的朋友打電話找他，結果是別人接起的：「請問張主任在嗎？」

「很抱歉！他已經不在**人事**了！」

朋友說：「什麼！這是什麼時候的事？前天我才剛剛跟他通過電話的，怎麼就不在人世了呢？」

「……」

**【大師解頤】**

以上七則短篇均因讀音的近似或相同而產生的誤會、笑話。**行文時務必確認自己書寫的字形正不正確，避免寫出音近的別字才好！**

## 字義……

※上學

小學開學了，剛滿六歲的冬冬不肯到學校註冊上學，媽媽向冬冬解釋，法律規定小朋友年齡滿六歲就要到學校上學，一直到十五歲。冬冬終於在學校書桌前坐下來，眼裡含著淚水的對他媽媽說：

**「等我十五歲的時候，你會記得來接我嗎？」**

【大師解頤】

這一則例子中的媽媽犯了說話過於簡要的毛病。如果一句話中，缺少了一些重要成分，則非常容易使人誤會。因此寫一段文章，千萬不要以為只要將自己的意思表達出來就夠了，而應仔細檢查：它會不會讓人誤會，有沒有文字過簡的毛病？

※請客

有一富人生性吝嗇，從來不請客。一日，他家僕人拿著一籃碗盤到溪邊洗滌，有人問他：「你家主人是不是要請客啊？」

僕人回答：「要我家主人請客，等下輩子吧！」

事後，富人知道便把僕人訓了一頓：

**「誰叫你自作主張，隨便和別人訂日子！」**

【大師解頤】

中國人說「下輩子」是指不可能的事而言。但是若不瞭解這個約定俗成的用法，將它誤以為是確切的日子，那就大錯特錯了！

※ 癢不癢

有個學生接到他哥哥的來信，問他頭上生的瘡癢不癢，他哥哥不會寫癢字，就用圈圈代替。這句話成了「你頭上的瘡○不○？」學生不知道圈的意思，去問國文老師。國文老師說：

「這圈圈是句號，問的是頭上的瘡句不句？」

學生還是不理解，又問數學老師。數學老師說：

「這圈圈是零，問的是你頭上的瘡零不零？」

學生仍不理解，又問英文老師，英文老師說：

「圈圈讀哦，問你頭上的瘡○不○K？」

學生仍不理解，又去問化學老師。化學老師說：

「圈圈是化學元素符號，表示氧原子。」

學生猛然大悟，高興的說：

「對，他是問我頭上的瘡癢不癢。」

**【大師解頤】**

這一則短篇告訴我們在寫作時需將字詞寫得清楚明白，否則會造成人言言殊，各自解讀的狀況出現。

※陸陸續續的

小玉的模仿能力相當強。他小學時的一次國語課，老師要求大家做一道造句，題目是「陸陸續續的。」小明造的句子是：

「天黑了，小鳥兒陸陸續續的回家了。」終於輪到小玉了，小玉說：

**「工廠下班了！爸爸陸陸續續的回家。」**

【大師解頤】

文中小玉的造句用詞不當，「陸陸續續」有前後相繼不斷之意，爸爸只有一人，故不能用以形容。

※請假

某天，有位學生因其外公去逝，於是請託鄰居幫他拿假單到學校給老師。到了學校，老師打開假單一看，請假理由上赫然寫著：

**「學生因公犧牲，請假兩天」**。

【大師解頤】

文中的學生很明顯的用詞過於簡略，以致於鬧出笑話。「因公犧牲」是指為國家公務而犧牲性命，與學生原意不符。

【學習天地】

**犧牲：祭神用的牲畜。**禮記月令：「命祀山林川澤，**犧牲**毋用牝。」三國演義第三十六回：「孔明聞言作色曰：『君以我為享祭之**犧牲**乎？』說罷，拂袖而入。」

**為了某種目的，而付出自己的生命或權益。**如：「為了挽救國家的危亡，他**犧牲**了生命。」（教育部重編國語辭典）

※老人忌諱

一個老人到飯店吃飯，點了一盤炒豬腸，等了半天，服務員菜端出來了，一邊走，一邊大聲的問：

「腸子來了，誰的腸子？」

老人一聽，非常的不高興，根本不去理會服務員。老人回到家裡，瓦斯沒氣了，就把瓦斯桶搬出來去換氣，正巧被鄰居小夥子看見了，連忙打招呼：

「大伯，你又沒氣了，需要我幫忙嗎？」氣得老人話都不說。

晚上，老人的外甥抱著一座鐘來敲門，一進門就說：

「舅舅，我給你送鐘來了！」

一下子又把老人氣得半死。

**【大師解頤】**

說話或寫作時，用詞過簡容易產生誤會，應該極力避免之。

※令尊

有一個憨厚的農夫碰到一個狡詐的書生。農夫問書生說：「我不識字，今天在路上聽人說『令尊』，請問您那是什麼意思？」書生露出促狹的眼神說：「喔！這個『令尊』是稱呼別人的兒子的用語。」農夫信以爲真，就客氣地問書生：「請問您家裡有幾個令尊呢？」書生氣得臉色發白又不能發作，只好說：「我家裡沒有令尊。」農夫以爲書生真的沒有兒子，就好心地說：「您沒有令尊，千萬不要傷心。我有四個兒子，您挑一個，我就送您當令尊吧！」

【大師解頣】

故事中的秀才故意捉弄農夫，反而被農夫不經意的言語給調侃了，真是自作自受！

※陪葬

有一天有一個學生要請喪假，就拿著假單到導師那簽名。

生：「老師！我要請假！」

師：「嗯，我看看！（看了假單後……）喔，好！可是你的請假事由寫出殯不太好吧！」

生：「會嗎？我阿公出殯啊！不然要寫什麼？」

師：「可是總覺得不太好，你拿回去改一下好了！」

生：「好！」

過了數日後，導師被叫到訓導處去！

主任：「很奇怪！你們班這個學生請假事由怎麼寫成這樣！」

導師很納悶地把假單拿過來看，只看見事由那欄寫了斗大的兩個字：

「**陪葬**」！

【大師解頤】

文中學生沒有把握字詞的正確釋義，鬧出笑話來。

【學習天地】

【陪葬】分為真人陪葬與物品陪葬：

**物陪葬**：人類從史前時期開始就有了喪葬的習俗。最早可追溯到舊石器時代中期，歐洲的尼安德塔人為死者安葬，在死者旁安置陪葬品，包括侍奉的食物和裝飾品。在尼安德塔人之後的克羅馬儂人，更在屍體旁陪葬巨型的象牙。到了新石器時代，人類由漁獵走向農牧，而且產生了強烈的宗教意識。因此，有了一套喪葬的禮儀及習俗。如西安半坡遺址，發現兩百五十座仰韶文化墓葬，這些墓葬的陪葬品甚豐且有一定的擺設方式。進入歷史時期後，隨著社會文化的進步、工藝技術的發達，對喪葬儀裡也特別重視，並制定規範。夏代的河南偃師二里的遺址有以陶製「成套禮器」陪葬。

般人崇尚鬼神，更重視墓葬，如武丁配偶「婦好墓」中陪葬約有青銅器四百多件、玉石器近六百件、海貝器近七千件。周朝有「列鼎制度」，天子用九鼎、諸侯用七鼎、大夫五鼎、上用三鼎或一鼎，一般平民無鼎，只以日用陶器陪葬。在春秋戰國時期，則流行以木桶及陶俑陪葬。唐代著名的唐三彩也是用來陪葬的一種陶器。到目前還是有將往生者喜歡物品陪葬的習俗。

**人陪葬：**最早歷史記載的真人陪葬 從秦武公開始 一直到西元前三八四年才廢止。奴隸主貴族按照身分等級的不同，生前享有一定的待遇，死後也同樣享有這些待遇，并在墓葬中殉葬不同數量的活人，少則一到二人，多則殉有數十人或數百人。

秦國用活人殉葬的歷史開始於秦武公時代，據《史記・秦本紀》記載秦武公死時，從死者六十六人，這是秦國歷史上最早的人殉紀錄。聯合網文章指出，用活人陪葬在墓中，這種殘酷的人殉制，在秦穆公死時（西元前六二一年）已遭到人們的強烈譴責，秦穆公墓中殉葬者多達一百六十六人。秦人痛恨這種做法，於是寫詩諷諫，控訴這種不人道的做法，《詩經・黃鳥》就是這樣的作品。

一九八六年考古工作者在陝西鳳翔發掘的秦景公墓中發現有一百多個殉葬的奴隸。在此後的兩百多年，人殉一直沒有廢止，直到秦獻公繼位時（西元前三八四年）

才正式宣布「止從死」，以法令形式廢除殉葬制。因此，秦兵馬俑坑中不用活人殉葬而代之以陶俑。

※生前

一個月黑風高的夜晚，運將開著他的黃色計程車在街上穿梭。不久，一個美麗的少婦上了他的車，說要到松山機場。於是，運將便朝著松山機場駛去……

在半途中，那個美麗的少婦拿出了一個紅色的蘋果，開始吃了起來，吃完了，她又拿出另一個，吃了一個接著又一個。運將忍不住的問那個少婦：

「你好像很喜歡吃蘋果喔！」那個少婦抬起頭來說：

「是呀，我**生前**最喜歡吃蘋果了。」運將聽到之後，臉色發青，微微發抖……

只聽到那個少婦繼續說：

「但是我**生完之後**就不是那麼喜歡吃了。」

**【大師解頤】**

這一則是因為書寫過於簡略所造成的誤解。

※化妝前和化妝後

甲：昨天我對阿美說，她化妝前和化妝後，看起來都差不多，她聽了很不高興。

乙：當然囉。你應該誇讚她才對啊！

甲：所以我馬上改口，結果她聽了更氣。

乙：你怎麼說？

甲：我說，你化妝前和化妝後差好多啊！

【大師解頤】

恰當的用語使人心情愉悅，反之，不當的用語使人憤怒。說話或寫作都應把握使用正確的語詞。

※拜個晚年

開學了，老師要各位小朋友設計賀年卡，向全班拜個晚年。某位小朋友，別出心裁地作了張賀卡，並在上面寫道：

**「祝大家晚年快樂！」**

【大師解頤】

這一則短文中的小朋友誤解了詞語的用法，「晚年」指的是人年老的時候。

※孤兒

老師準備講解食人族以前，先提出問題：「如果你吃掉父母的話，人們會如何稱呼你呢？」

就在他以爲學生會一起回答「食人族」的時候，這邊有人說：「不孝子。」那邊又有人回答：「他們會叫我孤兒。」

※乘法

一日在車上，要試驗孩子九九乘法表背誦的成果，於是一一考著兒子；

「三七？」「二十一」

「四八？」「三十二」

「三九？」「二十七」

「九五？」

**「加滿！」**

**【大師解頤】以上兩則均提醒我們發問問題時應考慮語意的傳達是否正確，否則亦會造成雞同鴨講的狀況。**

※而字先生

從前有個教書的先生，說話寫文章愛用「而」字，人們管他叫「而字先生」。有一天，而字先生想上街逛逛，臨行時，吩咐學生作一篇文章，趕他中午回來時一定要交卷，學生爲使文章迎合老師的口味，詞語中用了許多「而」字，不料，他學問還淺，不該用「而」字的地方，他倒用了許多而字；而應當用「而」字的地方，他卻一字也不用，等到中午而字先生回來，一看得他的文章，立即提筆批云：

**「當而而不而，不當而而而，而今而後，已而已而。」**

【大師解頤】

這位而字先生，慣用「而」字行文，因此批文仍離不開使用「而」字的習慣。在寫作上，應避免使用單一的詞語，否則容易使文章缺乏新意。

※放火三日

有個叫田登的人，做了官，不許人讀「登」字以及和「登」同音的字。誰犯了這個忌諱，就要受處罰，因此，大家都把燈稱爲火，以免犯了他的忌諱。一年元宵節放燈，照例要貼告示，他手下的人寫好後貼到城門旁，大家圍上去看，竟是**「本州依例放火三日。」**

【大師解頤】

「燈」字與「火」字釋義有別，若因為避諱而強行混用，不免造成誤解，甚至造成嚴重後果！

※包不脫毛

有個賣毛刷子的老漢，招牌上寫著「包不脫毛」。許多人買了他的刷子，只刷了幾次，毛便脫光了，紛紛找老漢理論說：

「你招牌上寫得倒好，什麼『包不脫毛』！」這老漢不慌不忙地指著招牌說：

「你們倒過來唸念看，這是『毛脫不包』哩！」

【大師解頤】
中國文字「正讀」與「反讀」釋義不同，文中老漢則作為自己產品不佳的推託之詞。

※稱呼

有一天，小天天問他媽媽說：「爲什麼叫先總統蔣公先生前面要加一個先字？」

他媽媽回答：「『先』是對死去的人的稱呼啊！」

小天天說：「那對死去的奶奶是不是要叫她『**先（鮮）奶**』？」

【大師解頤】
有些詞語的使用有其約定俗成的用法，不可自創新詞，造成詞義混淆。

※公家飯

一天，上作文課時，老師出題目：「我的爸爸」。一位父親是無期徒刑犯人的學生在作文簿上寫著：

「我的爸爸是吃『公家飯』的，他非常忙，每天穿著制服替國家工作，他現在升職到外島去了，爸爸好偉大喔！」

【大師解頤】
吃「公家飯」指的是公務人員，並不適合用來形容囚犯入獄服刑，當然此處形成一種趣味。

※地理考試

地理考試時，老師要學生簡略描述下列各地：阿拉伯、新加坡、好望角、羅馬、名古屋、澳門。其中小明這樣寫：從前有個老公公，大家叫他**阿拉伯**，有一天他出去爬山，當他爬到**新加坡**的時候，突然看見一隻頭上長著**好望角**的**羅馬**直衝過來，嚇的他拔腿跑進**名古屋**，趕緊關上**澳門**。

【大師解頤】

這是運用中國文字一詞多義的現象所產生的文字趣味。

【學習天地】

【趣味的地名對聯】

據傳，清帝乾隆善作詩詞和聯語，一日，與殿前大臣紀曉嵐出京城私訪時，出一地名聯，上聯曰：

**南通州，北通州，南北通州通南北**。

聯中北通州在京城近郊，南通州在江蘇，一南一北兩個通州有運河連接相通。乾隆要紀對一下聯。紀雖才思敏捷，但上聯既有地名又有方位，難度較大，所以一時不知如何相對。恰路過一當鋪，想起京城當鋪甚多，靈感頓生，即對出下聯：

**東當鋪，西當鋪，東西當鋪當東西**。

以東西對南北，但未能以地名對地名。不過，也算紀曉嵐急中生智、勉為其難了。地名聯與人名聯一樣，確實難對，因為在聯中所嵌用的地名既要確有其地，而且最好在聯中又能有雙關的含義。如乾隆所出上聯中「南通州北通州」之「通」，既是通州的地名，又具有交通和相通的釋義。再看以下幾聯：

**仙居天臺雲和月，龍游麗水玉環山。**

聯中仙居、天臺、雲和以及龍游、麗水、玉環均是浙江省內的地名；

**白溪白雞啼白晝，黃岩黃犬吠黃昏。**

聯中白溪、黃岩也都是浙江省內地名（白溪即今之樂清縣）；

**溪口溪邊溪蘿樹，海門海角海棠花。**

聯中溪口為浙江省奉化的鎮名，也是蔣介石的故鄉，海門則為江蘇省的一個縣，隔海與上海崇明島相望。

以上第一例中，仙居、龍游除表示地名外，又都具有居住和遊戲的雙關釋義；而第二、第三例中，白溪、黃岩、溪口、海門除是地名外，又在色彩和音韻上使上下聯在相互對仗上顯得十分貼切。

地名對中更有一些難對和絕對，其中有一對是出自無錫錫山。無錫是江蘇省的著名城市，與蘇州、揚州齊名。無錫境內有座錫山很有名，但錫山並無錫礦，只是因在無錫境內而得名。於是有人以「**無錫錫山山無錫**」作為上聯，徵求下聯，上聯中共七字，卻有兩個無、兩個山、三個錫字，一時無人能對出下聯。許多年過去，始見報載有人終於對出下聯：「**平湖湖水水準湖。**」聯中平湖是浙江省的一個縣，以盛產西瓜聞名。

此下聯從字面上看，與上聯相對還算工整，但平湖是否有湖？湖水是否是湖名？從地名對上來看，似乎還有些牽強。與此聯相近相似的還有如下一聯，原聯題於長沙白沙近旁的龍王廟。聯曰：

**常德德山山有德，長沙沙水水無沙。**

其意境與「無錫錫山」一聯相似，常德和長沙均為湖南省的城市名，德山和沙水則為山名和河流名。有人將貴州省的一些地名作成了地名聯，如：

**平壩嘉樂三穗出，高坡異木六枝齊**
**關嶺尋梅循惠水，沿河插柳到湄潭**
**龍裏龍潛黃葛墅，鳳岡鳳住紫雲城**

聯中，平壩、嘉樂、三穗、高坡、異木、六枝以及關嶺、惠水、沿河、湄潭和龍裏、黃葛墅、鳳岡、紫雲均是貴州省內的地名。筆者在讀聯時記得這樣一聯，上聯是：

**麻姑有意嫁行郎，只奈敬亭阻隔。**

聯中，麻姑、行郎（廊）和敬亭均為宣州境內的三座山名，麻姑山在東，行廊山在西，中間隔著一座敬亭山，似是有意將麻姑與行廊的情意阻斷。這三座山都是當地有名的遊覽景點，素有「麻姑曉日」、「行廊積雪」和「敬亭煙雨」之美稱。很久未有人對出，直至經年後，才有一武漢客以武漢三鎮的勝景：夏日鎮（漢陽之舊稱）、黃鶴樓和鸚鵡洲作為下聯對出。下聯是：

**黃鶴無顧對鸚鵡，何勞夏日代傳。**

因其地理位置也是夏日（漢陽）在黃鶴樓和鸚鵡洲之間，故有「夏日代傳」之謂。一九六三年，郭沫若曾為雲南麗江新落成的黑龍潭得月樓填寫過一聯，聯曰：

**龍潭倒映十三峰，潛龍在天飛龍在地；**

**玉山縱橫半裏許，墨玉為體蒼玉為神。**

聯中，龍潭、玉山均為當地山水之名，龍潭即為麗江的黑龍潭，潭水清澈見底，水面上可見玉龍雪山十三峰之倒影。玉龍山靜止不動，而龍潭水則川流不息，故有潛龍和飛龍之謂。上下聯氣韻相貫，極為流暢，讀後即可臆想出黑龍潭和玉龍山之形態及動靜特色，不失為地名聯中的佳作。據傳，董其昌在游杭州西湖時，曾為飛來峰及冷泉撰寫過一聯：

**泉自何時冷起；峰從何處飛來？**

此聯之妙在於：以設問形式出現，讓觀者自行作答或探索；所嵌地名（景點名）並非直接明寫，而是從問句中讓讀者自行看出，泉即為冷泉，而峰當然就是飛來峰了。

抗戰勝利的那年夏日，上海某報紙上曾有一副地名聯，把中國六個地名嵌入聯中，卻又各含雙關，具有全國軍民經過共同奮鬥、艱苦抗戰取得勝利的偉大含義。聯曰：

**六合大同保定舊山河，四川成都重慶新中國。**

此地名聯的絕妙之處在於：上聯中的六合、大同、保定都是地名，六合在安徽、大同屬山西、保定是河北，但同時又含有全國軍民堅持共同抗日才能保住（保定）全國山河的涵義。下聯中，成都和重慶（當時還屬於四川省）是兩大城市的地名，但同時又表明這樣的含義：國民政府遷到四川，將重慶作為抗戰時期的陪都，領導全國軍民抗戰，終至全國勝利。短短十八個字，全聯卻包含了豐富的釋義，所以，稱得上是地名聯中的絕妙好聯了。（引自：流年．中國國學網）

※精忠報國

老師叫起正在打瞌睡的小華：「是誰在岳飛的背上刺了『精忠報國』四個字呢？」

小華：「不知道。」

老師：「是岳母。」

小華：「誰的岳母？」

【大師解頤】

此則短篇中，老師指的「岳母」是岳飛的母親，小華則用了「妻子的母親」之含意，因此寫作時需注意字辭的歧義，甚至是古今用法的差異才好！

※看我

上生物課時，老師口沫橫飛的在講台上形容台灣山豬的生態，卻見同學們個個心不在焉，頻頻打著瞌睡。老師生氣地拍打講桌，大聲喝道：

「你們要看我呀！**你們不看我，怎麼知道台灣山豬的模樣。**」

【大師解頤】

文中的老師說話語意過簡，造成趣味的效果。

## ※傻女婿祝壽

從前，有個傻女婿要給丈人祝壽，有人告訴他，爲了圖吉利，說話要多帶「壽」字。於是，在壽宴上，他不僅說出了「壽桃」、「壽麵」、「壽糕」，還把老丈人的頭稱爲「壽頭」，把老丈人的衣服稱爲「壽衣」，把老丈人擺在櫃子上的木匣子叫做「壽木」。聽了這些話，老丈人差一點氣昏了。

【大師解頤】

有的詞除了基本釋義外，還有社會文化釋義，必須把它放在文化背景中才能做好解釋，並獲得理解運用。如「壽桃」、「壽麵」、「壽糕」中的「壽」，都有「長壽」的意思；可是「壽衣」、「壽木」的「壽」，是指「壽終」的意思。傻女婿不知道民間這個說法，生搬硬套，便鬧出笑話來。學習語言，如果不了解背後的文化因素，就難以掌握。

## ※而已

明代有一個官員，他要乘馬出去迎候上司，碰巧有人來拜訪，那官員便關照妻子說：「待以菜酒而已。」自己匆匆趕路去了。

妻子想來想去也不懂「而已」是何物，就問家中的女奴僕，大家一商量，認爲「已」是「尾」字，正好家中有隻大羊，就宰羊備酒待客。

後來那官員辦完公事回家，已是酒散客去，但那官員聽妻子一說，急得直嘆氣，爲了此事愁悶許久。後來，每逢出門，總要關照妻子說：

**「今天如有客人來拜訪，只用『菜酒』，切不可再用『而已』。」**

**【大師解頤】**

**文中妻子沒有把握字詞的含意，以致於產生誤解。**

## ※演講

據說，抗戰前，廣州有個軍閥叫李福林，本來不學無術，卻偏要故作高雅，說話常不時帶上幾句成語或是文謅謅的詞語。有一次，他到某一大學演講，開頭是：

**「諸位大學生們，校長閣下敬請我光臨貴校，本人深感僥倖，猶似鶴立雞群，不由得使我飄飄然……」**

聽到這裡，台下的學生們「轟！」的一聲大笑起來。聽到笑聲，李福林不高興了，他接著正經地說：

**「你們笑什麼？我雖是個大老粗，說話狗屁不通，可是打起仗來，我能赤膊上陣！」**

聽到這話，連在台上陪坐的校長也忍不住笑了。

【大師解頤】

短篇中的軍閥誤用詞語，以致於讓人啼笑皆非。演講的內容除了稱謂有問題之外，「僥倖」宜改為「榮幸」，另外「敬請」、「鶴立雞群」、「狗屁不通」、「赤膊上陣」等語也應刪改之。

【學習天地】

【鶴立雞群】

◆釋義：鶴站在雞群之中，非常突出。比喻人的儀表才能超群脫凡。

◆典源：嵇紹入洛，或謂王戎曰：「昨於稠人中始見嵇紹，昂昂然若野鶴之在雞群。」（晉．戴逵〈竹林七賢論〉（據《藝文類聚．卷九〇．鶴》引）

◆用法：A比喻人的儀表才能超群脫凡。褒義。

B比喻事物的不平凡。

◆例句：A他的數學能力一直在班上鶴立雞群，獨占鰲頭。

B這棟百層大樓，在這一地區猶如鶴立雞群。（教育部成語典）

# 第二式

# 畫龍點睛——修辭技巧篇

修辭，是一種美化文章的手段。

常言道：「人要衣裝，佛要金裝」寫作亦是如此。藉著各種的修辭，除了讓平淡無奇的文章多些趣味性之外，我們更可以從美妙的文句中領略到創作者的巧思。修辭之於文章正如「畫龍」尚需「點睛」一般，使文章更加靈動。

底下，我們就從一些讓人會心的笑話與小故事當中來了解修辭的奧妙吧！

## 修辭的重要

※推銷員

一個成功的推銷員接受記者訪問：「您能不能告訴我們成功的原因？」

推銷員說：

「當然可以，我有一個秘訣，每當婦人開門時我常這樣說：

**『小姐，媽媽在家嗎？』**」

【大師解頤】

這一則笑話，點出了推銷員的成功，在於對顧客說出恭維的言語。因此在文章中如果只是平鋪直敘、輕描淡寫，也難以引起讀者共鳴。因此，適度地運用修辭技巧來為文章增色，有其必要性。

※女朋友的修辭

男孩一天剪了一個很酷的頭型後問女朋友：

「親愛的以你的修辭功力，你一定能找到一個恰如其分的詞來形容我的頭型的。」女孩想了好一會兒後說道：

「想到了。」

「什麼呀？」男孩問道。

「馬桶刷！」

【大師解頤】

運用修辭的技巧要拿捏得恰如其分，不恰當的修辭只會使文章更糟糕！如本則笑話中的女孩將男友的髮型形容成「馬桶刷」，不知男友作何感想呢？

## 譬喻修辭

※ 母姊會

母姐會，家長問老師：「我這小孩在學校表現如何？」

老師：「他的腦筋容量有 500GB，動起腦來速度不輸 Pentium 4，但上課不太專心，Cache 太小，剛教到後面，五分鐘前的東西就忘了。有一條 RAM 接觸不良，因此有時一教就馬上瞭解，有時講了好一會兒還想不通。

此外他的「浮點運算」功能有缺陷，不知是不是出生時少裝一個 FPU，最好帶他去補習數學，建立一些「捷徑」，否則功課跟不上。音效卡設定不良，常常該出聲時不講話，要安靜時才發出一堆雜音。另外螢幕保護裝置的時間設定過短，老師才一分鐘沒動作，他就進入睡眠狀態了。除此之外就沒重大缺點了。」

【大師解頤】

譬喻修辭是一種「借彼喻此」，以具體事象、物象來比喻說明抽象道理的修辭技巧。這一則笑話當中，老師以電腦零組件來比喻學生在校的表現，可以說非常貼切而引人發噱。

※ 結婚妙論

薩孟武生性幽默，一九四四年，他在重慶的一次演講中，曾發表其結婚妙論。

他用生物學的觀點奉勸年輕人不要急著結婚。他說：

「一個人在未結婚之前，行動完全自由，那是『**動物**』；

結婚之後，行動受到限制，就變成了『**植物**』；

等到生兒育女，行動很不自由，就變成『**礦物**』了。」

【大師解頤】

這一則故事運用了生動的譬喻來達到趣味。在運用譬喻法時要注意：譬喻要合理並且要貼切，目的是為了把事物形象化，使人容易理解和明白。

※ 結婚對象

酒吧裡，年輕人對一位長者說，他正在物色結婚對象，長者微笑著說：

「正好我有個待嫁女兒，她**目如雌鹿，唇似玫瑰花蕾，耳若珊瑚，頸像天鵝，聲音有如夜鶯**，她與你極相配。」

那年輕人說：

「這很難說，她似乎不太像人。」

【大師解頤】

譬喻的使用要恰如其分，否則如文中長者的話一樣，把自己的女兒形容成四不像，哪還嫁得出去！

※ 約翰的作文

約翰的文章寫得不錯，在課堂上常受到老師的表揚。不過，他的作文有時也犯堆砌形容詞的毛病。例如，老師在作文課上讀了一篇描寫人物肖像的作文，約翰便是這樣寫的：「她的棕色的頭髮像巧克力」，「桃紅色的臉上嵌著一雙芝麻色的眼睛」，「圓圓的鼻子，像個奶油小蛋糕」，「櫻桃小口」，「白藕似的手臂」……結果，老師在看完他的作文後，批語道：

「看樣子您的作文應該放在吃飯之後。」

【大師解頤】

文章裡約翰用各種食物來比喻長相，但是由於性質相似，反而犯了單調堆砌的毛病，並不能使人產生鮮明的形象。

【學習天地】

《詩經·衛風》中形容美女：

「手如柔荑，膚如凝脂，領如蝤蠐，齒如瓠犀。螓首蛾眉，巧笑倩兮，美目盼兮。」

即利用各種具體而豐富的物象描繪五官的白皙，強調女性形象的視覺美，可以做為我們運用譬喻修辭的典範。

※喝湯

不聽話的孩子在晚餐中不斷吵著：

「我要吃湯裡的烏龜，我要吃湯裡的烏龜，我要吃湯裡的烏龜……」

客人們都嚇了一大跳。只看到他的媽媽不慌不忙的，從湯裡撈出一朵又一朵完整的小香菇。

**【大師解頤】**

**文中雖是童言童語，但用烏龜來比喻香菇，令人絕倒，妙哉！**

※神童與畢士安

北宋詩人王禹偁。自幼聰明穎悟，少時就能作詩，聞名遐邇。有一次，他代父親送麵粉到州府去。當時濟州從事畢士安正在衙前教授弟子做對，見王禹偁土頭土腦的樣子，很懷疑這就是那個遠近聞名的神童，便有意出對試他一下，隨即念出一則上聯：

**「鸚鵡能言難似鳳」**

王禹偁一聽，知道畢士安在譏笑他出身微賤，很是氣憤。他心想：像你們這些養尊處優的老爺們，除了會吟詩作對，還有什們能耐呢？於是，便毫不客氣的出了下聯：

**「蜘蛛雖巧不如蠶」**

畢士安聽了大驚，連忙稱讚道：
「真是名不虛傳，將來你一定會有所作爲的。」

【大師解頤】

畢士安以鸚鵡奚落王禹偁；小神童還以顏色，以蜘蛛諷喻畢士安，對得工穩！

【學習天地】

【古今人物介紹】

王禹偁：王禹偁出身清寒，家庭世代務農。從小發憤求學，五歲便能夠寫詩。宋太宗太平興國八年（九八三年）中進士，最初擔任成武縣主簿。他對仕途充滿抱負，曾在《吾志》詩中表白：「吾生非不辰，吾志復不卑，致君望堯舜，學業根孔姬」。

端拱元年（九八八年），他被召見入京，擔任右拾遺、直史館。他旋即進諫，以《端拱箴》來批評皇宮的奢侈生活。後來歷任左司諫、知制誥、翰林學士。為人剛直，敢直言進諫，誓言要「兼磨斷佞劍，擬樹直言旗」。

曾三次被貶職：於淳化二年（九九一年），一貶商州，於至道元年，二貶滁州，於咸平元年（九九八年），三貶黃州。故有「王黃州」之稱。

宋真宗咸平四年(西元一〇〇一年)徙蘄州，未踰月而卒，年四十八。歐陽修十分仰慕王禹偁，在滁州時瞻仰其畫像，又作《書王元之畫像側》。(維基百科)

※竹林七賢

竹林七賢中的劉伶，喝醉之後，有時會在家中脫光衣服，高聲歌唱。有人看見了，就譏笑他。劉伶淡淡地說：

**「我以天地為房屋，以房屋為內褲，各位為什麼要跑進我的內褲中來呢！」**

【大師解頤】

劉伶妙用房屋、內褲為喻，諷刺那些譏笑他的人。

## 婉曲修辭

※探病

家屬一再叮嚀探病者：「醫生說他活不久了，所以麻煩你面對病人時，表現的樂觀一點，千萬別透露出來……」

探病者說：「放心，我知道該怎麼做……」

當他走進病房後，第一句就說：

**「哇！你看來氣色好多了，一點也不像是快要去世的人……」**

【大師解頤】

「婉曲修辭」是利用委婉含蓄的言詞，來暗示或烘托本義的一種修辭方法。也就是說一般認為不好聽的話，人們通常將它說的婉轉一點，不致使人聽了不舒服。因此，這一則笑話中探病者的言語，就顯得不夠委婉了！

※升學考試

兒子參加升學考試回到家裡。父親說：

「考得怎麼樣？孩子。你如果能考上中學，我一定請你和你的老師飽餐一頓。」

兒子：

「爸爸，您一定會很高興的，這筆錢我已經給您省下來了。」

【大師解頤】

這則故事裡的兒子，在回答時故意繞了一個彎，而不直接說「我肯定考不上了！」，就是故意換成另一種說法，將本事本意模糊一下，讓意思表達得更委婉曲折，耐人尋味。

※劇本

一位年輕的劇作家對批評他劇本的評論家不滿意的說：

「親愛的專家先生，其實您根本不瞭解我的劇本，因為在演出的時候，您睡著了。這是我親眼看見的。」

評論家回答他說：

「親愛的作家先生，有時候睡覺也是一種意見的表示。」

【大師解頤】

故事中的劇評家以睡覺來表示對劇本的批評，也是一種婉曲的表現方式。

※推薦單

有一個高三學生要參加推薦甄試，於是就找任課老師爲他寫推薦函。這位任課老師拿到單子之後，非常困擾。因爲這位學生平常上課都在打瞌睡，醒過來的時間又喜歡跟同學聊天。最後他就在推薦單上寫上：

「此位同學性喜思考，又勇於發言。」

**【大師解頤】**

**看完這一則笑話，我們不得不佩服這位老師言詞委婉的程度呀！**

## 借代修辭

※恭喜也好

北平一家大雜院裡，住了張三、李四、關五等三戶人家。非常湊巧地，張太太與李太太同時懷孕，也在同一天生產。關五先到張三家問道：

「生男還是生女呢？」

「生男孩。」

「太好了，恭喜！恭喜！」關五再到李四家問道：

「生男還是生女呢？」

「是個女孩。」

「那……也好！也好！」

李太太見關五重男輕女，內心很不是滋味，剛好院子門口敲鑼打鼓，有人迎接新娘抬轎經過。關五好奇地向新娘轎張望。李太太沒好氣地說：「沒什麼好看的！那只不過是四個『恭喜』抬一個『也好』路過罷了。」

**【大師解頤】**

「借代修辭」乃是講話或行文中，放棄通常使用的本名或語句不用，而另找其他名稱或語句來代替的一種修辭方式。例如這一則故事中，李太太利用關五的話，將男生借代為「恭喜」：女生借代為「也好」。

※龍眼

甲、乙兩人在抬槓。

甲：「凡是與皇帝有關的事物，都要加一個『龍』字，例如龍袍、龍冠。」

乙：「喔！那麼皇帝的眼睛呢？」

甲：「龍眼。」

**【大師解頤】**

這一則笑話指出了「龍」字用以借代與古代皇帝有關的事物。例如皇帝的健康狀況不好，就可以用「龍體欠安」來表示。不過有些字詞則因有另外的意涵，會造成「雙關」的諧趣，笑話中的「龍眼」即是。

※ 尊稱

老師教同學寫公函：

「貴公司就是你的公司，貴校就是你的學校，『貴』是尊稱，是你的意思。」

老師跟著要同學寫一封信向某公司老闆約個時間面談。有個同學寫道：

「素仰貴公司產品優良，本人欲與貴人約定時間面談。」

**【大師解頤】**

這一則笑話中的同學用「貴人」來借代「老闆」，因而在寫信時鬧出了笑話。因此在運用借代修辭時應注意，不可過度使用而影響字面上的釋義。

※ 民賊

有個叫錢良臣的諫官，忌諱別人直呼他的名字。他兒子讀書時，凡經詩中有「良臣」的地方，全給改作「爹爹」二字。一天，他讀《孟子》，這樣一句話：

「今天的所謂良臣，在古時就是民賊。」

他的兒子就把這句話改為：

「今天的所謂爹爹，在古時就是民賊。」

**【大師解頤】**

這一則笑話可以提醒我們謹慎使用「借代修辭」的時機。

## 映襯修辭

※穿鞋

兩家製鞋廠公司都派員到非洲去調查當地的市場，兩人在非洲所見相同，其中一人拍回電報向公司當局報告：

「毫無希望，這兒的人根本不穿鞋子。」

可是另一個調查員拍回去的電報大異其趣，他說：

「大有可爲，這兒的人都還沒穿鞋子。」（王鼎鈞的《開放的人生》）

【大師解頤】

「映襯修辭」是在語文中，把兩種不同，特別是相反的觀念或事實，兩相比較，從而使語氣增強，使釋義明顯的修辭方法，叫做「映襯」。這一則故事是運用了「映襯」當中的「雙襯」，即是對同一個人、事、物，用兩種不同的觀點加以形容描寫。「雙襯」通常能達到正反兩面的效果，增加文章的信服力。

【學習天地】

「映襯修辭」還有「反襯」與「對襯」兩種。

「反襯」：對於同一種事物，用恰恰與這種事物的現象或本質相反的副詞或形容詞加以描寫。例如：「無事忙」，或者「愈幫愈忙」，均為反襯。

「對襯」：對兩種不同的人、事、物，用兩種不同的觀點加以形容描寫。例如：「謀事在人，成事在天」，「朱門酒肉臭，路有凍死骨」，均為對襯。

※獵兔

甲乙兩個人各獵得兩隻兔子，甲妻看到後，冷冷地說：「你就打兩隻而已。」但乙妻看到後，卻說：「你打了兩隻，好厲害！」

【大師解頤】

這一則短文也是運用「雙襯」的手法。甲乙同樣獵得兩隻兔子，但得到的評價卻大不相同。

※祝壽詩

有一回紀曉嵐受某豪門鄉紳之邀，參加該府慶祝老夫人七十大壽的聚會。廳堂上，熱鬧非凡，眾人頻頻乾杯，當酒精開始作怪的時候，大家便鬧著將紀才子給架到了書案前，要他舉筆賦詩，給老夫人祝壽，只見紀曉嵐在眾目睽睽之下，舉起大筆，飽蘸濃墨一揮：

「這個婆娘不是人，」

喝！此語一出，眾人嚇退三步！正擔心著紀才子會不會下一分鐘給主人捻了出去時，紀曉嵐接著寫道：

「九天仙女下凡來！」

眾人見了，轉憂為喜。老夫人更是增添了幾道笑紋吶！從容的紀曉嵐，接著又寫下了第三句：

「兒孫個個都是賊，」

這下子老夫人的兒孫們全圍了過來，怒氣沖沖，準備第四句落筆時，一把揪住紀曉嵐的衣領，只見紀才子不急不徐地寫下結句：

「偷得蟠桃奉至尊。」

眾人見了，只得緩顏，對著讓人又愛又恨的紀才子乾笑幾聲。

【大師解頤】

紀曉嵐妙用「映襯」的手法，令人折服。不過，給人家祝壽還是別用這種方式吧！

【學習天地】

【古今人物介紹】

紀曉嵐：紀昀（雍正二年六月十五日—嘉慶十年二月十四日，即一七二四年七月二六日—一八〇五年三月十四日），字曉嵐，又字春帆，晚號石雲，又號觀弈道人、孤石老人、河間才子，諡號文達，在文學作品、通俗評論中，常被稱為紀曉嵐。清乾隆年間的著名學者，政治人物，直隸獻縣（今中國河北獻縣）人。官至禮部尚書、協辦大學士，曾任《四庫全書》總纂修官。（維基百科）

排比修辭

※捕魚

張武雄住在基隆八斗子，捕魚爲生。他把多年來從各地捕到的幾條大魚，製成標本掛在客廳的牆壁上。同時，在每個標本的下面都掛了一個小牌子，上面分別註明：

**「加納魚，張武雄一九八五年捕於基隆外海。」**

**「梳齒，張武雄一九九0年捕於釣魚台海面。」**

**「沙魚，張武雄一九九二年捕於龜山島海面。」**

不久，張武雄結婚了。他老婆林秀琴把他的照片放大掛在標本旁邊，下面也掛了一個小牌子，上面寫著：

**「張武雄，林秀琴一九九六年捕於宜蘭頭城。」**

【大師解頤】

用結構相似的句法，接二連三的表達出同一範圍、同一性質的意思或現象，使所表達的意思明暢透徹，內容活潑清新，意味雋永有力，叫做「排比」修辭法。本則笑話鋪陳一系列相似的句法，結尾引人一笑。

※摸魚

有一天，國文老師出了一道題目，要大家做一首有關於「鳥」的詩，於是苯馬蒂就寫了：

「鳥，鳥飛，鳥會飛，鳥真的會飛，鳥實在真的很會飛。」

老師給的評語是：

「摸魚，妳摸魚，妳真的摸魚，妳實在真的很會摸魚。」

【大師解頤】
文中學生雖用排比句法，但內容重複空洞。因此使用排比修辭法須注意表現相同概念時，應讓意思更為明白。

## 擬人修辭

※會說話的狗

有一個家庭，全家人都非常的懶惰。爸爸叫媽媽做家事，媽媽不想做叫大姊做，大姊也不想做就叫妹妹做，但是妹妹也不想做就叫小狗做。有一天家裡來了一個客人發現小狗在做家事，很驚訝。

問小狗：「你會做家事呀？」

小狗就說：「他們都不做就叫我做呀！」

客人更加驚訝：「你會說話？」

小狗：「噓！小聲一點！不然他們知道我會說話又叫我去接電話！」

【大師解頤】
「擬人」為轉化修辭的一種。所謂「轉化」是描述一件事物時，轉變它原來的性質，化成另一種與本質截然不同的事物，而加以形容敘述的修辭法。而「擬人」

屬於轉化修辭之一，即擬物為人，把事物當成人來描寫。如本文中的小狗會說人話，即屬之。

**【學習天地】**

轉化修辭還有「擬物」與「擬虛為實」兩種。

擬物：即把人當成物來描寫，如：我的快樂已變成一縷輕煙，消失的無影無蹤了。

擬虛為實：將事物形象化，使抽象的事物具體可感。如：你的嘆息，應該被快樂絞殺，而對著明天歌唱。（楊喚詩集：短章）把愛剪碎了隨風吹向大海。（張惠妹：剪愛）

※紅蘿蔔

某天有某隻兔子跳進藥房問說：「老闆，你們有沒有賣紅蘿蔔？」

老闆笑笑回答說：「沒有。」

次日，兔子又跳進來問說：「老闆，你們有沒有賣紅蘿蔔？」

老闆：「沒有。」第三次兔子又跳進來問有沒有賣紅蘿蔔。

老闆：「我們沒有賣！你再進來問我就剪掉你的耳朵！」

第四次，兔子又跳進來問：「老闆，你們有沒有賣剪刀？」

老闆：「沒有！」

兔子：「很好，那你們有沒有賣紅蘿蔔？」

【大師解頤】

兔子慧黠的談話，令人莞爾。寫作中若能適當運用「擬人修辭」可使文句生動活潑。

## 層遞修辭

※蚯蚓

有次四隻蚯蚓聚集在一起，互相吹噓自己的本領。

第一隻蚯蚓說：

「我可以把我自己切成兩半，這樣我以後出門逛街時就不怕沒人陪了。」

第二隻蚯蚓說：

「那有什麼了不起，我可以切成三段，以後我隨時可以打三對三鬥牛賽。」

第三隻蚯蚓說：

「唉！你們真是丟臉，我有辦法把自己切成四段，這樣我要打麻將時隨時都可以打。」

後來他們覺得很奇怪，爲什麼第四隻蚯蚓都不說話，大家跑去一看，原來他也把自己切成兩半，只是別人都是前後切，而他是左右切半，所以他死掉了。

【大師解頤】

凡要說的有兩個以上的事物，這些事物有大小輕重等不同，而且比例又有一定秩序，行文時依序層層遞進，叫做「層遞」。這一則笑話將蚯蚓之間互相的吹噓作了遞增的變化，結尾則教人噴飯！

※誰的鞋臭

小文、小明、小玉三人要比賽誰的鞋臭，小文拿著鞋跑去教堂，結果教堂的人都昏倒了。換小明進教堂，結果教堂的蟑螂都死光了。換小玉進去，結果教堂並沒什麼改變，**只是……**

**連耶穌都把嘴巴摀起來了。**

【大師解頤】

**這一則笑話帶有誇飾的成分，也是屬於程度上逐次加大的層遞法。**

※比快

有三個小孩在比誰的阿爸比較快。第一個小孩說：「我爸爸最快了，桌上的咖啡杯掉下來，他可以在杯子跌到地面之前把杯子接住。」第二個小孩說：「我爸爸才快呢，他去打獵，在兩百呎外射中一頭鹿，在鹿摔倒地面之前他可以衝上去把鹿扶住。」第三個小孩說：

**「我爸爸是公務員，每天下午五點下班，他四點半就到家了。」**

【大師解頤】

這一則笑話亦是帶有誇飾的成分，屬於程度上逐次加大的層遞法並加上了反諷的手法。

## 類疊修辭

※ 宴客

張三長袖善舞，八面玲瓏，從來不得罪人。有一天，他在家家宴客，一共邀請了六位貴賓，他在門口迎接，並一一問道：

「您是怎麼來的？」

第一位說：「我是坐賓士來的。」「噢！威風威風。」

第二位客人說：「我是搭私人飛機來的。」「哇！闊氣闊氣。」

第三位客人說：「我是騎腳踏車來的。」「喔！樸樸素素。」

第四客人說：「我是跑步來的。」「喔！健健康康。」

第五位客人說：「我是走路來的。」「嗯！悠哉悠哉。」

第六位客人說：「我是連滾帶爬來的。」

張三面不改色的說：「哈！難得難得。」

【大師解頤】

所謂「類疊修辭」是指同一個字、詞、語、句，或連接，或隔離，重複地使用著，以加強語氣，使講話行文具有節奏感的修辭法。故事中的張三運用類疊修辭來迎接不同的客人，可說將其發揮得淋漓盡致。

【學習天地】

類疊修辭包括「類字」、「類句」、「疊字」、「疊句」四種類型。

類字：同一字詞隔離地使用。如：「多少西瓜，多少渾圓的希望。」（余光中《車過枋寮》）

類句：同一語句隔離使用。如：

「給我一瓢長江水啊長江水——酒一樣的長江水。醉酒的滋味。是鄉愁的滋味。給我一瓢長江水啊長江水。」（余光中《鄉愁四韻》）

疊字：同一字詞連接地使用。如：

「唧唧復唧唧，木蘭當戶織。」（佚名《木蘭詩》）

疊句：同一語句連接地使用。如：

「盼望著，盼望著，東風來了，春天的腳步近了。」（朱自清《春》）

## 鑲嵌修辭

※ 西湖

明朝進士袁中郎，為文最忌模仿古人。有一次他到西湖去遊歷，寫了這樣的一首詩來記敘：「一日湖上行，一日湖上坐，一日湖上立，一日湖上臥」。

此詩雖明白如話卻不失為佳作。

【大師解頤】

善用鑲嵌修辭可使文章鮮明生動，如漢代樂府詩有一首：
「江南可採蓮，蓮葉何田田。魚戲蓮葉間：
魚戲蓮葉東，魚戲蓮葉西，魚戲蓮葉南，魚戲蓮葉北。」
作者利用東南西北不同的方位，表現魚蝦嬉戲於蓮田的動態美。此詩與袁宏道的作品有異曲同工之妙。

【學習天地】

鑲嵌：修辭學中，凡是在語句的頭尾或中間，故意插入虛字、數目字、特定字、同義或異義字，來拉長文句，使語義更鮮明，語趣更豐富的修辭方法，就叫「鑲嵌」。鑲字（數字、無意義特定字等）：

*倘或你父親有個「一」差「二」錯，又耽擱住了。……差錯

*「東」市買駿馬，「西」市買鞍韉，「南」市買轡頭，「北」市買長鞭。（木蘭詩）

同義複詞（兩字相同意義，如聆聽）：增字

*先帝創業未半，而中道「崩殂」。（諸葛亮：出師表）

偏義複詞（兩個相反意義的字詞，依句意只取其中一字之意使用）：配字

*公今可去探他「虛實」，卻來回報。（羅貫中：三國演義・用奇謀孔明借箭）
↓探「實」情

*一笑泯「恩仇」。↓只需消除「仇恨」

＊毫無「動靜」。↓只有動的意思

## 對偶修辭

※ 對偶工整

古代有個人名叫李延彥，寫了一首百韻詩獻給他的上司，顯示自己的才學，詩有這麼兩句：

「舍弟江南沒，家兄塞北亡。」上司讀後，深表同情，對他說：

「沒想到你家裡接連遭遇這樣的不幸，令弟剛去世，令兄又亡故，真是禍不單行啊！本官謹向你及家人致哀！」

李延彥聽了急忙站起來解釋說：

「報告長官，我家裡並沒有發生這樣不幸的事，兄弟都健在，詩中說兄弟亡故，只是爲了把詩寫得對偶工整罷了！」

【大師解頤】

語文中上下兩句（或兩句以上），字數相等，句法相稱，有時還講究平仄相對的，稱為「對偶」。然而對偶修辭的使用也應注意內容的真實性，像故事中李延彥要內容去適應形式，為了對偶的工整，他寧可讓兄弟提前死去。這就好比買的鞋子太小，硬是把腳削去一部分，實在愚不可及。這種不顧表達內容的需要，而亂用濫用詞語的現象，就不能正確表達實際情況和思想內容。

## 誇飾修辭

※吝嗇

從前有一個非常吝嗇的人，一次外出，碰巧下雨，溪水暴漲，它不肯花錢租渡船，就跳下溪裡拼命淌水過去，誰知道到了河溪中間，被激流沖倒了，漂了半里多。他的兒子在岸上要找船救他，船主要價一個銅錢，他的兒子還價五分，討價還價很久，都沒講定價錢，吝嗇鬼已在溪中被浸得半死，聽到兒子在講價，便回頭對兒子大叫：

**「我兒我兒，五分便救，一錢莫救。」**

【大師解頤】

這位吝嗇鬼為了五分錢，寧可命都不要，確實是愛財如命。這是「誇張」的修辭，是故意要把事物的特徵誇大，使它凸顯強烈。但是誇張若缺乏現實的真實性，就會變成脫離實際的吹牛撒謊，如此是不可取的。

## 仿擬修辭

※「以減輕體重爲己任，置個人修養於度外」試問：有多少人花和保持身材一樣的時間、金錢、精力於充實自己的內在呢？（苦苓《地球也會倒著轉・窈窕淑女，君子好逑》）

※有恆爲成功之本↓懶惰爲發明之本。

※尋尋覓覓，冷冷清清，悽悽慘慘戚戚，這次考試怎是一個慘字了得。

※位不在高，廉潔則名；權不在大，爲公則靈。斯是公僕，服務於民。腳步邁基層，民情入腦深。談笑有百姓，往來無私情。可以明實況，察真情；無謊報之亂耳，無偏頗之愛心。蘭考焦裕祿，贏得萬民欽。眾人云：公僕精神。《公銘》

※春眠不覺曉，處處蚊子咬，夜來巴掌聲，蚊子死多少。

※大砲開兮轟他娘，威加海內兮回家鄉，安得巨鯨兮吞扶桑。（張宗昌《效坤詩鈔》）

**【大師解頤】**

「仿擬」修辭是指對既成語言形式的仿作。上述幾則運用了仿擬的修辭，製造出一些文字的趣味性。

第一則苦苓的文章仿擬自蔣介石「以國家興亡為己任，置個人生死於度外」。

第二則仿擬自青年守則。

第三則仿擬自北宋女詞人李清照《聲聲慢》一詞。

第四則仿擬自唐代劉禹錫的《陋室銘》

第五則仿擬自唐代詩人孟浩然的《春曉》一詩。

第六則仿擬自漢高祖劉邦的《大風歌》，為民初軍閥張宗昌所寫。

**【學習天地】**

【青年守則】青年守則原來是蔣介石（當時兼全國童軍總會會長）為童子軍定的規律，民國二十四年，經中國國民黨五全大會議決定為黨員守則；民國二十七年教育部命令全國學校稱為「青年守則」。規定在週會中一體宣讀，切實實施，「青年守則」實踐條目如下：

一、忠勇為愛國之本；二、服從為負責之本；三、孝順為齊家之本；四、勤儉為服務之本；五、仁愛為接物之本；六、整潔為強身之本；七、信義為立業之本；八、助人為快樂之本；九、和平為處世之本；十、學問為濟世之本；十一、禮節為治事之本 ；十二、有恆為成功之本。

【古今人物介紹】

李清照：一〇八四年，李清照誕生於齊州章丘（今山東濟南章丘明水鎮。父親李格非進士出身，官至禮部員外郎，是當時極有名氣的作家，深受當日文壇宗匠蘇軾所賞識，常以文章相往來。母親王氏系出名門，高祖王景圖、曾祖王贊，都榮登進士，祖父王準受封為漢國公，父親王珪在宋神宗熙寧時為中書省平章事，元豐時為尚書左僕射，都是執掌國家樞要的丞相，受封為歧國公，善文學。

一一〇一年李清照十八歲，與長她三歲的太學生諸城趙明誠結婚。趙是金石家，前期生活安定優裕，詞作多寫閨閣之怨或是對出行丈夫的思念，如《漁家傲》「造化可能偏有意，故教明月玲瓏地。共賞金樽沉綠蟻，莫辭醉，此話不予群花比」。

一一〇七年移居青州。一一二七年金兵攻陷青州，李清照與丈夫南渡江寧，行至鎮江時，張遇陷鎮江府，鎮江守臣錢伯言棄城逃去，建炎二年（一一二八年）春，始抵江寧府。

南渡後，詞人的生活困頓，一一二九年丈夫於八月十八日卒於建康，李清照為文祭之：「白日正中，嘆龐翁之機捷；堅城自墮，憐杞婦之悲深。」紹興元年（一一三一年）三月，赴越（今浙江紹興），在土民鍾氏之家，一夕書畫被盜。當年與丈夫收集的金石古卷，全部散佚，令她飽受打擊，其寫作轉為對現實的憂患，因此後期經歷了國破家亡、暮年飄零後，感情基調轉為凄愴沉鬱，如《聲聲慢》「尋尋覓覓，冷冷清清，凄凄慘慘戚戚」。紹興二年（一一三二年），至杭州，再嫁張汝舟，婚姻並不幸福，數月後便離異。晚景凄涼，卒年不詳，但至少在一一五一年後。

據說她有《易安居士文集》七卷、《易安詞》八卷，但已經遺失。現有《漱玉詞》輯本，現存約五十首左右。

《聲聲慢》全詞：

**尋尋覓覓，冷冷清清，悽悽慘慘戚戚。乍暖還寒時候，最難將息。三盃兩盞淡酒，怎敵他、晚來風急。雁過也，正傷心，卻是舊時相識。滿地黃花堆積。憔悴損，如今有誰忺摘。守著窗兒，獨自怎生得黑？梧桐更兼細雨，到黃昏、點點滴滴。這次第，怎一箇、愁字了得。**

劉禹錫：（七七二年—八四二年），蘇州嘉興（今屬浙江省）人，字夢得，祖先來自北方，自言出於中山（今河北省定州市）。唐朝著名詩人，中唐文學的代表人物之一。因曾任太子賓客，故稱「劉賓客」，晚年曾加檢校禮部尚書、秘書監等虛銜，故又稱「秘書劉尚書」。

文學方面，劉禹錫是中唐文壇的代表人物之一，與韓愈、柳宗元、白居易、元稹等同時，尤以詩歌著名，與白居易交好，合稱「劉白」，多有詩歌應酬。白居易稱他為「詩豪」，相當推崇。政治方面，劉禹錫是王叔文革新這一歷史事件的重要參與者。他熱愛生活，關注民生，具有不屈的鬥爭精神，這些特點在他的政治主張和文學作品中都有體現。

《陋室銘》是韻文中借物抒情的名篇，全文如下：

**山不在高，有仙則名。水不在深，有龍則靈。斯是陋室，惟吾德馨。苔痕上階綠，草色入簾青。談笑有鴻儒，往來無白丁。可以調素琴，閱金經。無絲竹之亂耳，無案牘之勞形。南陽諸葛廬，西蜀子雲亭。孔子云：「何陋之有？」**

孟浩然：孟浩然（六八九年或六九一年—七四〇年）諱浩，字浩然，號鹿門處士，以字行，唐代襄州襄陽（今湖北襄陽）人，又稱「孟襄陽」，盛唐著名詩人。孟浩然的詩與王維齊名，並稱「王孟」。孟浩然年輕時曾遊歷四方，與許多俠義之士結交。和龐德公、皮日休同隱居於襄樊市的鹿門山，而後人稱他孟鹿門、鹿門處士。唐玄宗在位時，他曾赴京尋求仕宦之途，但應考進士未成。但是韓朝宗十分欣賞孟浩然，於是邀請他參加飲宴，並向朝廷推薦他。但在玄宗面前，他用詩表達對玄宗的許多不滿，因而激怒玄宗，讓他失去了在朝廷任官的機會。

開元二十五年，張九齡為荊州長史，招致幕府，不久，仍返故居。開元二十八年，王昌齡游襄陽，訪孟浩然，相見甚歡。適浩然病疹發背，醫治將愈，因縱情宴飲，食鮮疾發逝世。

孟浩然的詩歌絕大部分為五言短篇，題材大多關於山水田園和隱逸、旅行等內容。他與王維、李白、張九齡是好友，也是繼陶淵明、謝靈運、謝脁之後，開起盛唐田園山水詩派之先聲。知名詩作有《秋登萬山寄張五》、《過故人庄》、《春曉》等篇。

著有現通行的《孟浩然集》收詩兩百六十三首，但其中有他人作品。新、舊《唐書》中也有收錄孟浩然的傳記。

孟浩然有二子，長子孟雲卿，唐肅宗朝為校書郎，與杜甫友好；次子孟庭玢，早逝，長孫孟郊也是唐朝著名詩人。

春曉全詩：

**春眠不覺曉，處處聞啼鳥。夜來風雨聲，花落知多少？**

劉邦：劉邦（前二五六年—前一九五年六月一日），中國歷史上第一位平民出身的皇帝，台灣民間稱為流氓天子，字季，漢朝（西漢）開國皇帝，廟號為太祖，初稱高祖，諡號為高皇帝，所以史稱漢太祖高皇帝、漢太祖、漢高祖或漢高帝。出身平民階級。起兵反秦時，稱沛公，秦亡後，被項羽封為漢王。

漢高帝十二年（前一九五年），劉邦平定英布叛亂後，途中路過故鄉沛縣。在沛宮置備酒席，把老朋友和父老子弟都請來一起開懷暢飲。鄉民們還召集沛中兒童一百二十人唱歌助興。酒到濃時，劉邦彈擊著筑琴，唱起自編的楚歌：

「大風起兮雲飛揚，威加海內兮歸故鄉，安得猛士兮守四方！」讓兒童們跟著學唱。劉邦邊歌邊舞，熱淚盈眶。他對沛縣父老兄弟說：

「遊子悲故鄉。吾雖都關中，萬歲後吾魂魄猶樂思沛。且朕自沛公以誅暴逆，遂有天下，其以沛為朕湯沐邑，復其民，世世無有所與。」沛縣的父老兄弟天天快活飲酒，盡情歡宴，敘談往事，取笑作樂。過了十多天，劉邦決定要走了，沛縣父老堅決要劉邦多留幾日。劉邦說：

「吾人眾多，父兄不能給。」於是離開沛縣。這天，沛縣城裏全空了，百姓都趕到城西來敬獻牛、酒等禮物。劉邦又停下來，搭起帳篷，痛飲三天。沛縣父兄都叩頭請求說：

「沛幸得復，豐未復，唯陛下哀憐之。」劉邦說：

「豐吾所生長，極不忘耳，吾特為其以雍齒故反我為魏。」但在百姓的再三請求下，劉邦才答應免除豐邑的賦稅徭役，並封沛侯劉濞為吳王。

轉品修辭

※國文課

上國文課時，老師見同學們昏昏欲睡，便出了道謎語引大家注意：

「口吃—猜論語一句。」

當大家摸不著頭緒時，老師便以幽默的口吻說：

「君……君，臣……臣，父……父，子……子。」

【大師解頤】

一個詞彙，改變其原來詞性而在語文中出現，叫做「轉品」。《論語》中的這一句前面一字作名詞使用，後一字則轉變為動詞的用法。

【學習天地】

「君君，臣臣，父父，子子」出自《論語顏淵第十二》。意思是說：

國君要盡到做國君的責任，臣下要盡到做臣下的本分，父親要盡到做父親的責任，兒子要盡到做兒子的本分。」

## 倒反修辭

※ 抽菸

香菸公司的老闆在街中大聲宣傳：

「新牌香菸芳香可口，餘味無窮，還可防蛀牙，除百病，還有……」

突然一位老頭鑽出人群，說道：

「小偷不敢進屋，狗不會咬人，人永遠年輕」。

老闆一聽喜形於色，要求聽眾解釋他的話。

**「抽煙的人整夜咳嗽，小偷敢進屋嗎？**
**抽煙的人身體虛弱，走路拄著枴杖，狗敢咬嗎？**
**抽煙的人易患癌症，能活到老嗎？」**

**【大師解頤】**

「倒反法」是前面所說出的意思，和內心的意思剛好相反，是因為情勢所逼，才會用相反的語詞來激迫別人。這一則短文中，若是我們苦口婆心講了吸煙的種種危害，青年們總是不以為然，老人家為了使年輕人的心靈受到震動，就利用「倒反修辭」的魅力，講一些「反語」來刺激年輕人，以震聾發聵，從而改進他們惡習，其效果往往比正面說要好。

## 回文修辭

※賞花

宋代的蘇東坡和秦少游是好友，有一次秦少游出外，很久沒有回來，蘇東坡於是寫信去問他的近況。秦少游回信時，只寫了十四個字，並把他們排成一個圓圈，託人帶給東坡。原來他寫的是一首回環詩，斷句後所成之詩爲：

**賞花歸去馬如飛，去馬如飛酒力微，酒力微醒時已暮，醒已暮時賞花歸。**

【大師解頤】

所謂「回文」修辭是指上下兩句，詞彙大多相同，而詞序恰好相反的詞格。中國文人往往利用回文的特性創作回文詩，秦觀的作品就是個例子。

蘇軾的次韻回文三首其一，寫一個女子編織著準備寄給守邊情人的回文織錦，不論順讀、倒讀，其心中惆悵幽黯的綿綿情思始終不變，由此可見蘇軾高超的寫詩技巧。原詩：「春機滿織回文錦，粉淚揮殘露井桐。人遠寄情書字小，柳絲紙日晚庭空。」嘗試著將句子打散，編排出新的詩歌吧！

【學習天地】

【古今人物介紹】

秦觀：秦觀（一〇四九年—一一〇〇年），字少游、太虛，號淮海居士，揚州高郵（今屬江蘇）人。北宋詞人，「蘇門四學士」之一。

神宗元豐八年（一〇八五年）進士，官至秘書省正，國史院編修官。新黨執政時被排擠，宋紹聖初年，秦觀被貶為杭州通判，再貶監處州（浙江麗水）酒稅，又遠徙郴州（湖南郴縣），編管橫州，又徙雷州。徽宗元符三年（一一〇〇年）放還，卒於藤州（今廣西藤縣）。

民間傳說蘇軾之妹蘇小妹為秦觀之妻，其最出名的故事出自明代馮夢龍《醒世恆言》中的「蘇小妹三難新郎」。但據後人考證蘇小妹應為虛構人物，秦觀元配為高郵富商徐成甫之女徐文美。

秦觀詞多寫男女愛情和身世感傷，風格輕婉秀麗，受歐陽脩、柳永影響，是婉約詞的代表作家之一，《宋史》評為「文麗而思深」；敖陶孫《詩評》說：「秦少游如時女游春，終傷婉弱。」。與張耒、晁補之、黃庭堅並稱「蘇門四學士」。（維基百科）

## 雙關修辭

※是狼是狗

某日侍郎、尚書、御史三個高官走在路上，看見一隻狗從三人面前跑過。御史藉機會問侍郎：

**「是狼是狗？」**（侍郎是狗）

侍郎臉都綠了：「是狗。」

尚書和御史都大笑：「何以知道是狗？」

侍郎：「看尾毛，下垂是狼，**上梳是狗**（**尚書是狗**）。」

尚書臉沉了下來。侍郎：

「也可以從食性看。**狼是肉食，狗是遇肉吃肉，遇屎吃屎**（**御史吃屎**）。」

【大師解頤】

所謂「雙關」是指用一語詞同時關顧兩種不同事物的修辭方式。上面這則故事中，御史利用諧音雙關的方式揶揄侍郎，而侍郎也不甘示弱，反將了尚書與御史一軍。

**【學習天地】**

雙關修辭可細分為「諧音雙關」、「詞義雙關」、「句義雙關」三種。

諧音雙關：一個字詞除了本身所含的釋義之外，又兼含另一個與本字詞同音或音近的字詞的釋義，叫諧音雙關。如：「東邊日出西邊雨，道是無晴還有晴。」（劉禹錫：竹枝詞）晴、情雙關，一方面指晴雨的晴，另一方面又說感情的情。

詞義雙關：一個詞語在句中兼含兩種意思的，叫「詞義雙關」。如：「始欲識郎時，兩心望如一；理絲入殘機，何悟不成匹。」（子夜歌）「匹」雙關「布匹」與「匹偶」。

句義雙關：一句話或是一段文字，雙關到兩件事物或兩層意思的，叫「句義雙關」。如：**「向晚意不適，驅車登古原；夕陽無限好，只是近黃昏。」**（李商隱—登樂遊原）寫眼前所見之景，也寫心中的情懷。

※及第

古時有一位書生，連考了許多次試，卻一直不能中舉。有一年，他進京趕考，只有他的僕人與他隨行，途中一陣大風吹落了書生的帽子，於是認真的老僕便說：

「公子，帽子又落地了！」

於是那書生便忿怒的說：

「以後不准說『落地』，要說『及第』」

聰明的老僕便將他的帽子重新戴上，並且緊緊的綁住帽帶說：

「**這次保證不會再及第（地）了！**」

書生：「……」

【大師解頤】

**這一則笑話也是運用了諧音雙關。老僕的說法，令人莞爾。**

※萬民窮

道光皇帝召集來京會試的前十名考生，到金鑾殿舉行殿試，欽點進士。唱官高唱考官的名字，頭一個唱道：

「**萬鳴瓊**。」

道光一聽，眉頭一皺，說道：

「**萬民窮**，太不吉利，刷下去，讓他回家一個人窮去吧！」

【大師解頤】

**由這一則故事可知取名字時要注意是否有諧音不雅的問題呀！**

※親妻

相傳李鴻章有個遠房親戚，不學無術。這年他赴京趕考，卷到手，連破題也不會，更別想寫出文章來。焦急中，他想，我是中堂大人的親戚，何不把這層關係拉上，看主考官會不會錄取？於是，他連忙在試卷上寫了「我是當朝中堂大人的親戚」

等字樣。無奈不會寫那個戚字，竟寫成了「我是中堂大人的親妻」。

主考官閱卷後，批道：

**「因為你是中堂大人的親妻，所以我不敢娶（取）」。**

**【大師解頤】**

這一則笑話當中除了同音異字的誤會之外，也有諧音雙關的修辭在其中。

**【古今人物介紹】**

李鴻章：（一八二三年二月十五日—一九〇一年十一月七日），字子黻、漸甫，號少荃、儀叟，封一等肅毅侯，謚文忠，安徽合肥人。中國清朝末期重臣，同時是將領兼外交官，洋務運動的主要倡導者之一，淮軍創始人和統帥。官至直隸總督兼北洋通商大臣，授文華殿大學士。（維基百科）

※歐陽脩

有一次，兩名書生慕名拜訪歐陽脩，途中湊巧與歐陽脩同舟而不知。他們略懂點詩，卻自認是行家，突然看見一隻白鵝跳進水中，忍不住詩興大發，一位吟道：

「岸上一隻鵝，」另一位接道：

「撲通跳下河。」兩人唸唸有詞，總湊不成一首詩。歐陽脩接吟道：

「白毛浮綠水，紅掌泛清波。」他們萬分驚訝，明明非常佩服，卻故作姿態道：

「不算好，勉強說得過去。」不久，上了岸，兩人見岸上有一堆灰，一位吟道：

「遠望一堆灰，」另一位接道：
「近看灰一堆。」兩人還是接不下去。歐陽脩吟道：
「一陣狂風起，滿天作雪飛。」他們仍舊故作姿態道：
「不太好，只是過得去。」歐陽脩見兩人不學無術，正想訓他們兩句，又聽兩人吟道：
「兩人同一舟，去訪歐陽脩。」歐陽脩立刻接吟道：
**「脩也不知你，你也不知脩（羞）。」**

※靠手腕

已婚者：「其實交女朋友不一定要長的帥，要靠手腕。」
光棍甲：「（鄭重其事的將自己的手腕伸到已婚者面前）看看我的手腕怎樣？」
光棍乙：「（對已婚者說）還好你不是說交女朋友要**靠手段（斷）！**」

※母驢生牛犢

一個書生，騎驢進京趕考。路上問一個放牲口的老漢：
「嗳，老頭兒！離京城還有多少路？」
老漢看他穿戴怪排場，就是問路不下驢，說話不禮貌，算什麼書生？有心不理睬他，又想教訓他。答道：
「京城離這有一百八十畝。」書生感到好笑：

「餵牲口的！路程都講里，哪有論畝的？」老漢冷笑道：

「我們老一輩都講里（禮），現在的後生娃沒調教，不講里（禮）！」書生臉一垮，說：

「你這個老東西，爲啥巧言罵人吶？」老漢說：

「餵牲口的老東西，不會罵人。只是今天心裡不痛快，我餵的一頭母驢，牠不生驢仔，下了個牛犢。」書生不知言輕語重：

「你這人真是糊里糊塗的，生來就該餵牲口的。天下的驢 子哪有下牛犢的道理？」老漢還是耐心的指導書生說：

「是啊，這牲口真不懂道理，誰曉得他爲啥不肯下驢嘛！」羞的書生面紅耳赤，騎驢一溜煙跑了。

【大師解頤】

以上三則皆是運用諧音雙關製造諧趣！

【學習天地】

【古今人物介紹】

歐陽脩：（一〇〇七年—一〇七二年），字永叔，號醉翁、六一居士，諡文忠，中國吉州廬陵（今屬江西）人，北宋仁宗儒學家、作家、官員，曾繼包拯接任開封府尹，為唐宋八大家之一。歐陽脩四歲喪父，由其母鄭氏教養。為人勤學聰穎，家貧買不起文具，便「以荻畫地」。天聖八年（一〇三〇年）中進士，官館閣校勘，景佑三年（一〇三六年），因直言論事貶知夷陵。鄭氏言笑自若，鼓勵她的兒子說：「汝家故貧賤也，吾處之有素矣！汝能安之，吾亦安矣！」十月二十六日抵達夷陵。慶曆中任諫官，支持范仲淹，曾致書高若訥《與高司諫書》，責其不諫，要求在政治上有所改良，被誣貶知滁州。官至翰林學士、樞密副使、參知政事。

王安石推行新法時，對青苗法有所批評。歐陽脩個性固執，不懂變通，韓琦曾與歐陽脩、曾公亮同在兩府，俞文豹的《吹劍四錄》記載宋英宗以為歐陽脩性真，「公（韓琦）謂歐公性偏」。富弼說他「忘仁宗，累主上」。晚年隱居穎州，自號六一居士。**六一乃指珍藏的書本一萬卷，三代以來的金石遺文共一千卷，琴一張、棋一局、酒一壺與自己一老翁也。**

## ※公公

明朝有一擅長說笑話的人，名叫陳全。有一天，他誤闖宮廷禁地，被太監捉住。陳全說：

「小人陳全，請公公饒命。」太監說：

「我聽說你很會說笑話。假如你只說一個字，就能使我笑的話，我就放你走。」

陳全想了想說：

「屁。」太監一頭霧水說：

「我沒聽懂。」陳全解釋說：

**「放也由公公，不放也由公公。」**

這句雙關語，引得太監大笑，立刻釋放他。

【大師解頤】

這一則笑話運用「句義雙關」，一方面說「放屁」，一方面雙關「放人」，妙哉！

※呼聲最高

老張競選國大代表，四處奔波拉票，疲累不堪，夜來睡覺鼾聲大作。第二天他妻子對他說：

「老公，我想你這一次一定當選。」

「你怎麼知道呢？」

「因爲你的**呼聲**最高。」

※兄弟

一天，兩位黑道朋友到麵店去吃宵夜，由於兩人長得有點兒相似，老闆於是問道：

「兩位是『兄弟』嗎？」兩人緊張地說：

「不！我們是生意人……」

※泰山

黃幡綽是唐玄宗的侍臣，他對唐玄宗，就像東方朔對漢武帝，完全靠機智與辯才，來博得皇帝的歡心與寵信。有一年，唐玄宗順利地辦完泰山封禪大典（用豪華又隆重的排場，來表現文治武力的祭典）之後，龍心大悅，文武百官人人加官進爵，晉升一等或二等不等。負責封禪大典的大臣是張說。張說的女婿鄭鎰，在封禪前是九品官，封禪後突然升到五品。唐玄宗知道此事，就說：

「鄭鎰升太快了吧？」鄭鎰漲紅了臉，無詞以對。黃幡綽說：

「這都是『泰山』的功勞啊！」

一語雙關，群臣哄堂大笑。

【大師解頤】

第一則屬於「詞義雙關」。文中「呼聲」一方面可指聲名威望，另一方面也雙關丈夫打呼的聲音。第二則亦是運用詞義上的雙關。第三則故事同樣運用了詞義雙關，既指山岳名稱又可指岳父的關係。

# 第三式

# 臥虎藏龍—成語典故篇

「臥虎藏龍」這個成語是比喻潛藏著人才之意，正如文章中作者經常會使用一些成語方言加深讀者印象一般。

然而在使用這些成語典故或方言俗語的時候，若不能正確地認知其意涵並掌握使用時機，反而會造成負面效果，破壞了文章的美感。

以下我們藉由一些趣味的故事或笑話來認識使用成語典故與方言俗語的正確時機。

※您的時辰到了！

有位富翁請了一位新司機。有一天，富翁參加了一個宴會，富翁將司機介紹給大家認識，要司機向大家敬酒。司機從小沒讀多少書，苦思了一會兒，很高興的舉杯敬大家：

「來來來！我們大家同歸於盡吧！（乎乾啦！）。」

話畢，席上一陣靜默，不少人對著司機白眼，司機這才知說錯話了，尷尬的退到一邊，不敢再多說話。宴畢，回家的路上，富翁數落了司機一頓，要他多讀些書，不要再鬧笑話。最後，交代司機隔天五點叫他起床，司機難過得睡不著，挑燈夜讀了一整晚，想讓富翁對他刮目相看，隔天，司機躡手躡腳的走到富翁床邊，司機：

**「老闆，您的時辰到了！」**

【大師解頤】

故事中的司機因為不能正確了解成語的含意，鬧出了笑話。文中的「同歸於盡」是一同毀滅或死亡之意，並不是指乾杯之意；「時辰到了」則是指人將要死亡的時候，並非指時間，由此可知正確地把握成語的用法才能讓文章有加分作用，否則只是適得其反。

【學習天地】

【同歸於盡】

◆釋義：一同毀滅或死亡。（教育部成語典）

◆典源：唐．獨孤及《祭吏部元郎中文》：「夫彭祖、殤子同歸於盡，豈不知前後相哀，達生者不為歎。」

◆說明：獨孤及（西元七二五—七七七），字至之，河南洛陽人，唐代散文家。獨孤及為唐代古文運動的先驅，以儒家典籍為治學方向，長於議論，強調立範誡世，不以詞藻華麗取勝。

在《祭吏部元郎中文》中，獨孤及悼念猝逝的友人，舉了彭祖與殤子為例，相傳彭祖活了八百歲，殤子則是未成年而死之人，兩人活著的時間雖然差距甚大，最後卻都必須歸於死亡，因此，在通達生命的智者看來，死亡不過是人生必經的過程，不需要為此感到嘆息，後來「同歸於盡」演變為成語，用來指一同毀滅或死亡。

◆用法：用在「一起滅亡」的表述上。你要冷靜下來，貿然行動只會和對方同歸於盡。

【時辰】

◆釋義：

1. 將一天按照十二地支的順序，分為子、丑、寅、卯、辰、巳、午、未、申、酉、戌、亥等十二個時段，此種兩小時為一時段，稱為「時辰」。

2. 時候。

◆用法：

1.《三國演義》‧第五十九回：「相談有一個時辰，方回馬而別，各自歸寨。」

2.《西遊記》‧第四十九回：「這等幹，只是忒費事，擔擱了時辰了。」

（教育部重編國語辭典）

※含笑九泉

老師：「小新，你的毛病就是用詞不當，現在考考你用一句成語來形容老師很開心。」

**小新：「含笑九泉。」**

【大師解頤】

很明顯的，小新用「含笑九泉」來形容老師很開心是不正確且不恰當的。

【學習天地】

【含笑九泉】

◆釋義：九泉，地下深處，舊指人死之後埋葬的地方。也作：黃泉。在九泉之下滿含笑容。表示死後也感到欣慰和高興。

◆用法：清‧李汝珍《鏡花緣》第三回：「我兒前去，得能替我出半臂之勞，我亦含笑九泉。」

※宰予晝寢

有天，小明在上論語課時睡著了，老師很生氣，於是就問了他一個問題，老師要他解釋「宰予晝寢」的意思。小明回答：

「宰者，殺也；予者，我也；晝者，白天也；寢者，睡也。全句的意思就是殺了我也要午睡。」

【大師解頤】

故事中小明曲解「宰予晝寢」的意思，而產生語言上的趣味。在使用成語時，作者基本上應該遵循成語的慣用意涵，但在寫作時若為了某些特殊用意而做出新的解釋，則不在此限。

【學習天地】

【宰予晝寢】

◆釋義：宰予在白天（上課）睡覺（打瞌睡）。

◆典源：《論語・公冶長》：「宰予晝寢，子曰：『朽木不可雕也，糞土之牆不可杇也。於予與何誅？』子曰：「始吾於人也，聽其言而信其行；今吾於人也，聽其言而觀其行。於予與改是。」這段話的意思是說：宰予在白天的時候睡覺。孔子說：

「腐朽的木頭不可以雕刻。骯髒的土牆不可以粉飾，對於宰予，實在不值得去責備他啊！」

又說：「當初我對人家，聽他的話就相信他的行為；現在我對人家，聽他的話還要觀察他的行為。這是因為宰予而使我改變了態度。」

※君臣父子

清代，在興化縣小陽山下，以前本有個大寨子，有個已過不惑之年的童生姜良，流落在此，辦了一個私塾，招收了一、二十個孩子，每年收取十幾兩銀子的束脩，藉以度日。這天，姜良對自己的學生開講「君君、臣臣、父父、子子」這句話，他搖頭晃腦地說道：

**「均不均，四六分；沉不沉，有七、八十斤；紫不紫，像茄子的顏色；富不富，家裡有百把畝田。」**

恰巧被從這裡路過的金秀才聽見了，覺得很不對勁，就破門而入，指著姜良罵道：「你不學無術，誤人子弟！」

姜良不服，大聲說：

「你說我講錯了，把你那對的講給我聽。」

金秀才也不答腔，抬起頭、昂著頭，在教室中踱了幾步，然後說：

**「君不君，是一個佔山的大王；臣不臣，是衙門裡的差役；子不子，是馬兒帶的犢；父不父，是孩子的過繼爺。」**

姜良聽了，喝道：

「你才是個不學無術的人，我的學生要是信了你的講解，只怕一輩子也成不了秀才的！」於是兩人唇槍舌劍、拳腳相向、互不相讓，頓時斯文掃地。

這時，有學生回家一講，來了幾個家長，把兩人扭送到了縣衙。縣太爺坐堂，聽了兩人的述說後，不由得拍案大怒，一拍驚堂木罵道：

「都是胡說八道。來人哪！先把姜良拖下去打四十板子！」

金秀才以為自己官司打贏了，站起來欲走。縣太爺喝道：

「你也不是東西，給我拖下去，也打四十大板！」兩個人都被打得鮮血直流。

縣太爺問：「服不服？」

兩個人齊聲說：「不服。」

縣太爺得意洋洋地往太師椅上一靠，說：

**「哼，在孔子門前賣論語，自稱內行。哼！均不均，各四十；沉不沉，你們知；紫不紫，打完看；服不服，我不管！還不回去再讀幾書！」**

說畢，得意洋洋地踱著方步回後堂去了。

【大師解頤】

這一則令人啼笑皆非的小故事，主要是故事中的角色們，對於成語的解讀出了問題，以致於做出錯誤的解釋。

※「既生瑜」，「何生亮」

某天，阿華在上家教課。

阿華：「我剛才上課所講的有關赤壁之戰，你有沒有問題？」

小明：「老師您知不知道諸葛亮和周瑜的媽媽是誰？」

阿華：「歷史上沒記載。」

小明洋洋得意的說：「老師我知道，諸葛亮是『何』生的，周瑜是『既』生的。」

阿華：「爲什麼？」

小明：「這是周瑜死前說出的秘密啊！『既』生瑜，『何』生亮啊！」

阿華：「……」

【大師解頤】

這則笑話也是因為曲解典故的原意所產生的錯誤。

【學習天地】

【既生瑜，何生亮】

◆釋義：瑜，周瑜。亮，諸葛亮。周瑜年少得志，且機智過人，但每次計謀皆被諸葛亮識破，臨死之際，感慨萬千，遂有「既生瑜，何生亮」之嘆。後用以感慨人外有人，天外有天；強中自有強中手。

◆典源：典故出自《三國演義》，藉周瑜和諸葛亮的爭鬥，感歎在一個大時代裏兩個本領高強的人不能並立的感慨。由這典故衍生的成語還有「一時瑜亮」。

※滿面春風

老師：「同學們，成語不能亂用，小明，你選個成語來造句吧！」

小明：「今天，我滿面冬風的來學校。」

老師：「錯了，只有滿面春風這個詞語，沒有滿面冬風。」

小明：「老師，你不是說成語要用的恰當嗎？現在是冬天，那兒來的春風呢？」

【大師解頤】

成語的使用乃約定俗成，有特定的意涵，不可任意更動字句，否則便喪失其辨識釋義。

【學習天地】

【滿面春風】

◆釋義：春風吹拂滿臉上。後用「滿面春風」形容滿臉笑容，心情喜悅，或得意的情狀。

◆典源：宋．陳與義〈寓居劉倉廨中晚步過鄭倉臺上〉詩（據《宋詩鈔．簡齋詩鈔》引：「紗巾竹杖過荒陂，滿面春風二月時。世事紛紛人易老，春陰漠漠絮飛遲。士衡去國三間屋，子美登臺七字詩。草遶天西青不盡，故園歸計入支頤。」）

◆說明：春風是一年之中最為和煦的風，不冷不熱，吹拂在臉上令人舒暢，所以笑容堆滿臉，這應當就是「滿面春風」這句成語的由來。古人詩句常引用這種情境，例如《全宋詩》中載錄了一首釋志南和尚的詩：「古木陰中繫短篷，杖藜扶我過橋東。沾衣欲濕杏花雨，吹面不寒楊柳風。」

春天來臨了，和風輕拂臉上，是何等愉悅！至於使用「滿面春風」一詞，則可從宋代陳與義的〈寓居劉倉廨中晚步過鄭倉臺上〉詩中看見，詩一開頭就說：「紗巾竹杖過荒陂，滿面春風二月時。」描述詩人在滿面春風的二月，外出散步的感受。陳與義用的是「滿面春風」的原義，後來這句成語多用來形容滿面笑容，心情喜悅或得意的情狀。有時也會和「一團和氣」連用。

◆用法：用在「喜悅歡樂」的表述上。如：看他滿面春風的樣子，一定是有什麼喜事。（教育部成語典）

※春心蕩漾

一名未婚的女老師，批改學生春節前最後一篇作文時，發現一個學生在作文簿後寫著：

**「祝 老師春心蕩漾，春節愉快」**。

【大師解頤】

這一則也是屬於沒有正確地把握成語意涵所鬧出的笑話。

【學習天地】

【春心蕩漾】

◆釋義：男女愛戀之情在心中波動不已。
◆典源：《清平山堂話本．柳耆卿詩酒翫江樓記》：「當日酒散，柳縣宰看了月仙，春心蕩漾。」（教育部重編國語辭典修訂本）

## ※面目全非

一個外國人剛學了幾句成語，便想在台灣朋友新居落成時好好應用一番。於是，他一進門就向朋友恭賀道：

「恭喜！恭喜！你的新家看起來真是**面目全非**呀！」

朋友十分錯愕，但姑念他是外國人，也就不跟他計較。可是這外國人似乎說成語說上癮了，仍意猶未盡，在吃飯時，舉起酒杯又向朋友說道：

**「來來來，讓我們同歸於盡吧！」**

【大師解頤】

成語的使用要顧及場合的適切性，否則便如故事中的外國人一樣，鬧出笑話來。

【學習天地】

【面目全非】

◆釋義：完全不是原先的樣子。形容變化很大。通常用於負面的含義。
◆典源：《聊齋志異．卷二．陸判》：「濯之，盆水盡赤，舉首則面目全非，又駭極。」（教育部重編國語辭典修訂本）

※老大徒傷悲

老師：「小勇，別這麼貪玩了，要珍惜時間呀！古人說『少壯不努力，老大徒傷悲』。」

小勇：「老師，**我是老二。**」

【大師解頤】

這一則亦屬於對成語的錯誤解讀，成語中的「老大」指的是人年長以後，並不是指家中的排行第幾。

【學習天地】

【少壯不努力，老大徒傷悲】

◆釋義：年輕力強時不奮發向上，年紀大了便後悔莫及。

◆典源：樂府詩集・卷三十・相和歌辭五・古辭・長歌行：「百川東到海，何時復西歸。少壯不努力，老大徒傷悲。」（教育部重編國語辭典修訂本）

※清理門戶

農曆新年將至，媽媽提議全家分工合作進行大掃除，愛看武俠影片的十歲弟弟神氣地指著大門說：

「我要幫媽媽**『清理門戶』**。」

【大師解頤】

這一則同屬成語的誤用。

【學習天地】

【清理門戶】

◆釋義：門戶，借指門派。清理門戶指清除整頓損辱門派的派內人事。

◆用法：「師父決定親自清理門戶，以重振本派的名聲。」

※無中生有

黃大夫是專攻不孕症的婦產科醫生，他行醫多年，嘉惠眾多久婚不孕的婦人。一日，某名感恩的病人送來一塊匾額以表謝意，上面寫著：

**「無中生有。」**

【大師解頤】

這一則屬於成語的誤用，感謝醫生的匾額可用「仁術超群」、「醫德堪崇」等成語。

【學習天地】

【無中生有】

◆釋義：道家認為「有」是從「無」產生出來的。語本《老子．第四〇章》。後來語義一轉，用「無中生有」指本無其事，憑空捏造。（教育部成語典）

◆典源：《老子‧第四十章》：「天下萬物生於有，有生於無。」

※陰陽失調

中醫學院基礎理論課上，教授講陰陽失調一節，發現有個學生沒聽課，只是出神地看著窗外一對男女吵架，教授很生氣，問他：

「這位同學，你知道什麼是陰陽失調嗎？」

學生站起來，指著窗外正在吵架的男女回答：

「這就是了。」

【大師解頤】

這也是成語誤用的例子，成語原意是指人類身體產生不協調的現象，並非指男女之間的爭吵失和。

【學習天地】

【陰陽失調】

陰陽源於中國古代的哲學思想，認為萬物都有陰陽兩個對立面，以陰陽來解釋自然界的各種現象，例如天是陽，地是陰；日是陽，月是陰。陰陽的對立和統一，是萬物發展的根源。凡是旺盛、萌動、強壯、外向、功能性的，均屬陽；相反，凡是寧靜、寒冷、抑制、內在、物質性的，均屬陰。陰陽學說亦應用於中醫學上，用來解釋人體生理現象及病理變化的規律。簡單來說，陰是指人體實質的物質，即體液，包括血液、精液、淚水、鼻水、內分泌。至於陽，則指人體非實質的物質，即身體的機能和氣。陰陽協調，則身體健康；陰陽失調，則百病叢生。

※ 心花怒放

老師問：「文中說蜜蜂給花園增添了生氣，是什麼意思？」

一個學生答：「蜜蜂偷花蜜，花兒當然生氣啊！」大家聽了笑個不停。

那學生又說：「笑什麼，要是鮮花不生氣，哪來『鮮花怒放』呢？」

【大師解頤】

中國文字具有一字多義或一詞多義的現象。如故事中所提到的「生氣」一詞，在使用上就有不同的意涵。它既可以指「情緒上的憤怒」，也可以指「生動活潑而有朝氣」。

文中提出「為花園增添了生氣」是指後面一個釋義。至於文中「鮮花怒放」的正確寫法是「心花怒放」。

【學習天地】

【心花怒放】

◆釋義：形容心情像盛開的花朵般舒暢快活。（教育部成語典）

◆典源：《圓覺經》：「若善男子，於彼善友，不起惡念，即能究竟成就正覺，心華發明，照十方剎。」

◆說明：「心花怒放」這句成語以花朵比喻心情，用「怒放」來形容心情極其高興、快活。如果究其來源，可能是出自於佛經。「心花」一詞本作「心華」，「華」同「花」，以花喻本心之純淨。如《圓覺經》：「心華發明，照十方剎。」

意思是說一個人不起惡念，就能真正覺悟，心花豁然開朗，發放光明，照亮整個世界。這裡的「心華發明」，含有「豁然覺悟本性」的意思。後人引用也作「心花怒發」或「心花怒開」。心花能夠怒放、怒發、怒開，當然是本心豁然大悟的結果，此時心情自然是極其快活、開朗，所以後人多以「心花怒放」形容心情極其快活。

◆用法：用在「喜悅歡樂」的表述上。如：經理一番讚美的話，說得他心花怒放。

※雌雄同體

上課時，老師講解何謂「雌雄同體」，並舉花為例子說明，講解完畢，老師詢問同學是否能再舉出其他實例？只見美美很快舉手回答：

「我知道，我媽媽就是一個例子，她現在正懷著我弟弟呢，那不就是雌雄同體嗎？」

【大師解頤】

這一則也是犯了誤用成語的錯誤。

【學習天地】

【雌雄同體】

兼有雌雄兩性生殖器的動物。如蝸牛、蚯蚓等。雌雄同體的生物可以行自體受精，即同一個個體所產生的雌、雄配子，彼此融合，譬如碗豆、扁蟲和條蟲等，因此條蟲能在寄主體內完成生活史；但雌雄同體的生物多半仍行異體受精，甲個體的精子和乙的卵融合，而乙的精子則使甲的卵受精，如蚯蚓。

※口若懸河

一個學生用「口若懸河」造句，他寫道：

「看見盤子裡的又肥又大的燒鵝，我就口若懸河。」

老師看不懂，就問：「這句子是什麼意思？」

學生回答道：「就是形容我的口水像黃河水決口那樣。」

【大師解頤】

這一則亦屬於誤用成語的例子。

【學習天地】

【口若懸河】

◆釋義：說起話來像瀑布一樣滔滔不絕，比喻能言善辯。

◆典源：南朝宋．劉義慶《世說新語．賞譽》王太尉云：「郭子玄語議如懸河寫水，注而不竭。」「口若懸河」原作「懸河寫水」。晉朝的郭象是玄學的集大成者，喜好《老》、《莊》，十分有才學，能言善辯，口齒伶俐，曾為《莊子》作注，流傳於後世。在《世說新語．賞譽》中，記載一段太尉王衍對郭象的評語，他說：「郭象說話議論時，就像山上直瀉而下的瀑布，源源不絕的灌注而下，好像永遠不會枯竭的樣子。」後來「口若懸河」這句成語就從這裡演變而出，比喻說話滔滔不絕，能言善辯。出現「口若懸河」的書證如宋．趙蕃〈贈耆英見過〉詩四首之一：「髯曾暇能過我，誦詩口若懸河。」
◆用法：用在「善於言談」的表述上。如：他一坐下來就口若懸河地說起他的探險經歷。（教育部成語典）

※三十而立

兒子：「什麼是三十而立呀？」
父親：「古時候的人發育慢，要到三十歲才能站立起來行走。」

【大師解頤】

故事中的父親犯了曲解成語的錯誤。

【學習天地】

【三十而立】

◆釋義：三十歲始能自立於社會，並有所成就。
◆典源：《論語•為政》：「吾十有五而志於學，三十而立，四十而不惑。」
◆用法：此為孔子自述人生進程，通常用以稱代年齡，如：大哥已經到了而立之年了。（教育部重編國語辭典修訂本）

※鮮為人知

期中考試的國文試卷上有這樣一句話：「這海裡有鮮為人知的大黃魚。」要求學生解釋「鮮爲人知」這個詞。

洋洋見了，暗暗發笑：「這太容易了。」

隨即在試卷上答道：「海裡的黃魚鮮美可口，人人知道。」

【大師解頤】

故事中的學生亦犯了曲解成語的錯誤，文中的「鮮」字有「稀少」之意。

【學習天地】

【鮮為人知】

◆釋義：很少人知道。

◆用法：這種療法「鮮為人知」，經媒體披露後，引起醫學界的重視。（教育部重編國語辭典修訂本）

※錯誤的成語造句

「現今社會流行**犬馬之養**，飼養寵物大行其道。」

「動物園中的無尾熊，一見到尤加利樹，就立刻**行將就木**，準備飽餐一頓。」

「老高不務正業，行搶爲生，兒子又**克紹箕裘**，擄人勒贖，終至父子同時鋃鐺下獄。」

「他所做的善行真是**罄竹難書**，一言難盡，大家都說他是公認的大善人，備受地方人士推崇。」

【大師解頤】

以上四則都屬於成語使用時機的不當。

【學習天地】

【犬馬之養】

◆釋義：泛指奉養父母。（教育部重編國語辭典修訂本）

◆典源：《論語．為政》：「今之孝者，是謂能養。至于犬馬，皆能有養；不敬，何以別乎？」

【行將就木】

◆釋義：將要進棺材。指年紀已大，壽命將盡。（教育部成語典）

◆典源：《左傳．僖公二十三年》：將適齊，謂季隗曰：「待我二十五年，不來而後嫁。」對曰：「我二十五年矣，又如是而嫁，則就木焉。請待子。」

◆說明：晉公子重耳，是晉獻公的次子，因為獻公晚年十分寵愛驪姬，想要改立驪姬的兒子為太子，結果太子申生被迫自殺，重耳在狐偃、趙衰等臣子的掩護下逃亡國外十九年，先後到過狄、衛、齊、曹、宋、鄭、楚、秦諸國。他在狄國住了十二年，並且娶季隗為妻，生下伯儵（ㄔㄡˋ）、叔劉。後來決定離開狄國前往齊國時，他要季隗等他二十五年，如果沒有回來就改嫁。季隗則表明說她已經二十五歲，再過二十五年就是快要進棺材的老太婆了，堅持要等他。後來重耳借助秦穆公的力量回到晉國，即位成為晉文公，並依言將季隗接回國。後來「行將就木」這個成語就從這裡演變而出，用來指年紀已大，壽命將盡。

◆用法：用在「生命將盡」的表述上。如：他雖是風燭殘年、行將就木之人，但內心卻仍保有一分赤子之心。

【克紹箕裘】

◆釋義：紹，繼承。箕，畚箕。裘，皮襖。箕裘，指父業。比喻能繼承父業。後亦用「克紹箕裘」比喻能繼承師業。（教育部成語典）

◆典源：《禮記・學記》：「良冶之子必學為裘，良弓之子必學為箕。」

◆說明：《禮記》是儒家典籍的一部分，為十三經之一，內容多是孔子的弟子及後學所記。書中所記載的，都是上古時期的禮俗儀式和儒家理想中的政治制度。

這些制度和上古時代的人民生活息息相關，但是隨著時代變遷，實體的禮俗早已不合現代實用，但是其中所蘊含的智慧與理念，卻仍可作為後世的參考。在《禮記・學記》中提到，古時候好的鐵匠的兒子，必須先學習縫合袍裘、獸皮，做為日後學習鑄冶鐵器的基礎；而一個製造弓箭的能手，他的兒子要先學習用竹子、柳條來編製畚箕，為學習造弓奠下根基。如此循序漸進、由淺入深的學習，後代子孫自然能夠學會前人的技術，並發揚光大。後來「克紹箕裘」這句成語就從這裡演變而出，比喻能夠繼承父業，亦用於比喻能繼承師業。

◆用法：用在「繼承家業」的表述上。如：今日社會講究人各有志，當父母的不宜勉強子女克紹箕裘。

## 【罄竹難書】

◆釋義：罄，音ㄑㄧㄥ丶，用盡。「罄竹難書」指即使把所有竹子做成竹簡拿來書寫，也難以寫盡。形容災亂異象極多，無法一一記載。後用「罄竹難書」形容罪狀極多。

◆典源：《呂氏春秋‧季夏紀‧明理》：「此皆亂國之所生也，不能勝數，盡荊越之竹猶不能書。」《後漢書‧卷六十六‧公孫賀傳》也有「南山之竹，不足受我辭。」之說。至《舊唐書‧卷五十三‧李密傳》：「罄南山之竹，書罪未窮；決東海之波，流惡難盡。」

◆說明：「罄竹難書」的「罄」，是「用盡」的意思，「竹」指的則是從前用來刻寫文字的「竹簡」。古代在還沒發明紙之前，人們都是把竹子剖成一片片的，然後在上面書寫文字。所以「罄竹難書」整個成語的語義便是：即使把所有竹子做成竹簡拿來書寫，也難以寫盡。此語較早見於戰國時的文獻《呂氏春秋‧季夏紀‧明理》，文中有一段描述了亂世的各種異象，譬如天上的雲呈現出怪異的形狀、太陽有日蝕的現象、同時有兩個或四個月亮一起出現、馬的頭上長出犄角、有人養出長有五隻腳的雄雞或母豬生下小狗等等，這些奇怪的現象「皆亂國之所生也，不能勝數，盡荊、越之竹，猶不能書」。意思是說這些奇怪的現象，都是由於政治敗壞所帶來的亂亡徵兆，而且這種國家即將敗亡的徵兆，多到用盡荊、越兩地的竹子來寫都寫不完。

後來「罄竹難書」這句成語就從這裡演變而出，本來是用來形容亂象之多，後來則轉變而專用於形容罪狀極多。如《漢書・卷六六・公孫劉田王楊蔡陳鄭傳・公孫賀》便有「南山之竹不足受我辭」之說，《舊唐書・卷五三・李密列傳》亦有「罄南山之竹，書罪未窮」的用法。

案：前者是漢臣朱世安被誣諂下獄時，上書揭發丞相公孫賀父子作惡多端所用之語；後者則是隋人李密欲討伐隋煬帝，檄文中用以形容煬帝罪大惡極之語。這兩段文字都是描述罪狀之多，難以記錄。不過與《呂氏春秋》同期的文獻《孫臏兵法》，在〈奇正〉篇中有「形勝，以楚越之竹書之而不足」這樣一段話，指兩軍相爭時，要讓我軍處於必勝條件下的方法有許多種，即使用盡楚、越兩地的竹子都寫不完。則「難書」一語，並非指亂象，也非指罪狀。可知最初「罄竹難書」一語並無負面義，只是後來一般引用此語時，多只用以形容罪狀之多。

◆用法：用在「罪惡深重」的表述上。如：他長期在鄉里間作威作福，罪行罄竹難書。（教育部成語典）

※守株待兔

有一次，小兒的老師要學生找一個故事，在母姐會時，講給全班聽，於是就自己找了范仲淹的故事來講，但是自己忙於工作，無暇督促他背故事，結果在母姐會那一天，他卻擅改了故事內容，他說：「由於范仲淹小時候很不乖，因爲不喜歡吃粥，於是將粥分成四天吃完，結果他的媽媽太生氣了，一氣之下，跑去嫁給別人。」只見我不停地低頭偷瞄別人的臉色，而我兒還說得頭頭是道。

今天上課時，照例要講一個成語故事給學生聽，於是我挑了簡單的「守株待兔」講給他們聽，等我說完後，我就問同學有沒有問題，小傑就問我：

「老師，是豬多還是兔子多？」

我說：「當然是豬多囉！」小傑接著說：

「那爲什麼他要守著豬等待兔子出現呢？」我真是被小傑給打敗了。

## 【大師解頤】

故事中的兒子錯用了范仲淹的典故，而小傑則並曲解了「守株待兔」的成語。

## 【學習天地】

【古今人物介紹】

范仲淹：范仲淹，字希文，蘇州人。他的曾祖父范夢齡，曾任吳琥國中吳節度判官（蘇州錢糧判官），祖父范贊時，曾任吳越國秘書監。父親范墉，任職于吳越王幕府，後隨吳越王錢一同投宋，端拱初年（九八八年）赴徐州任武寧軍節度掌書記（徐州軍事長官的秘書）。端拱二年（九八九年）八月二日，范仲淹生於徐州，次年（九九〇年）父親不幸逝世，范家失去了生活來源，范仲淹之母謝氏貧而無依，只好帶著尚在繈褓中的仲淹改嫁山東淄州長山縣一戶姓朱的人家。

從此，范仲淹改姓名叫朱說（音 yue），在朱家長大成人。范仲淹從小讀書就十分刻苦，朱家是長山的富戶，但他為了勵志，二十一歲去附近長白山上的醴泉寺讀書，經常一個人伴燈苦讀，每到東方欲曉，僧人們都起床了，他才和衣而臥。那時，他的生活極其艱苦，每天只煮一鍋稠粥，涼了以後劃成四塊，早晚各取兩塊，拌上一點兒韭菜末，再加點鹽，就算是一頓飯。

【守株待兔】

◆釋義：沿用過去的方法，守在樹旁，等待撞樹而死的兔子，最後終一無所得。比喻拘泥守成。後亦用「守株待兔」比喻妄想不勞而獲或等著目標自己送上門來。（教育部成語典）

◆典源：《韓非子．五蠹》：「……是以聖人不期脩古，不法常可，論世之事，因為之備。宋人有耕者，田中有株，兔走觸株，折頸而死。因釋其耒而守株，冀復得兔，兔不可復得，而身為宋國笑。今欲以先王之政，治當世之民，皆守株之類也。」

◆說明：戰國時代的思想家韓非子，闡述君王治理人民要合時宜，來建立適當的政策與設施。不可一味地遵循古法，認為古代聖人的政策就是好的，而不管適不適合當前社會。他舉了一個例子來說明這個道理：宋國有個農夫，有天在耕作時，看見一隻兔子跑過來。那隻兔子可能太驚慌了，沒注意前方，就撞上一棵樹，把脖子撞斷死了，農夫便不勞而獲地得到那隻兔子。他想以後如果都可以這樣得到兔子，就不需要再辛苦耕作了。

於是扔掉手中的耕具，天天守在樹旁等兔子送上門來。結果從此以後再也沒得到任何一隻兔子，反而讓自己成為全宋國的笑柄。所以，用舊法來治理國家，就像這個守兔之人，根本會徒勞無功。後來這個故事被濃縮成「守株待兔」，用來比喻拘泥守成，也用來比喻妄想不勞而獲，或等著目標自己送上門來。

◆用法：用在「頑固守舊」的表述上。如：現在社會何等競爭，你若只管守株待兔，遲早會被淘汰的。

※風聲鶴唳・草木皆兵

在改學生的週記時，看到一位學生寫著：「由於督察要來學校巡視，全校同學莫不風聲鶴唳，草木皆兵，稍有風吹草動，大家就急著去拔草看樹，看有沒有一個叫督察的人住在裡面。」

【大師解頤】

同學寫作時，對於歷史人物和背景或故事並不熟稔，反而造成誤用典故，張冠李戴的現象。

【學習天地】

【風聲鶴唳】

◆釋義：聽到風聲和鶴鳴，都以為是敵兵。後用「風聲鶴唳」形容驚慌疑懼，自相侵擾。

◆典源：《晉書・卷七九・謝安列傳》：「堅中流矢，臨陣斬融。堅眾奔潰，自相蹈藉，投水死者不可勝計，淝水為之不流。餘眾棄甲宵遁，聞風聲鶴唳，皆以為王師已至，草行露宿，重以飢凍，死者十七八。」

◆說明：據《晉書・卷七九・謝安列傳》載，東晉時，野心勃勃的前秦苻堅想要征服中原。孝武帝太元八年，他率領八十萬大軍，逼臨淝水，準備攻打東晉。

東晉派大將謝玄、謝石帶八萬精兵抗敵。謝玄知道苻堅實力雄厚，若以正面迎敵，必定吃虧，於是決定採取奇襲的戰術。謝玄先要求苻堅的軍隊向後移，好讓晉兵登岸，兩軍決一勝負。苻堅自恃兵多，不疑有他，就答應軍隊後退。混亂之中苻堅中箭受傷，苻融戰亡，在陣後的秦兵以為秦軍戰敗，慌成一團，丟下武器連夜逃跑，沿途只要聽到風聲、鶴鳴，都以為是晉軍來了，結果苻堅的軍隊終於潰敗，就是歷史上著名的「淝水之戰」。後來原文中的「風聲鶴唳」演變為成語，用來形容極為驚慌疑懼。

◆用法：用在「驚懼恐慌」的表述上。如：在那一段風聲鶴唳的日子裡，只要外頭一有聲響就緊張得不得了。（教育部成語典）

【草木皆兵】

◆釋義：見到風吹草動，都以為是敵兵。後用「草木皆兵」形容疑神疑鬼、驚恐不安。（教育部成語典）

◆典源：《晉書．卷一一四．苻堅載記下》：「初，朝廷聞堅入寇，會稽王道子以威儀鼓吹求助於鍾山之神，奉以相國之號。及堅之見草木狀人，若有力焉。」

◆說明：據《晉書．卷一一四．苻堅載記下》載，東晉時，野心勃勃的前秦苻堅想要征服中原。孝武帝太元八年，他率領八十萬大軍，逼臨淝水，準備攻打東晉。東晉派大將謝玄、謝石帶八萬精兵抗敵。苻堅以為東晉兵少，想憑優勢快攻把晉軍打敗，沒想到晉軍靠著奇襲，使苻堅喪失許多大將和士兵。淝水戰前苻堅登上壽陽城觀察晉軍的動靜，發現晉軍的部隊嚴整，訓練有素，將士精神旺盛，鬥志高昂。

再遙望八公山，見到山上長著許多類似人形的草木，竟以為都是晉軍。於是回頭對他弟弟苻融說：「你看那山上，還有那麼多實力強大的軍隊，誰說晉兵很少呢？」而流露出悵然若失的憂慮。之後苻堅在淝水被謝玄所敗，就是歷史上著名的「淝水之戰」。後來「草木皆兵」這句成語就從這裡演變而出，用來形容疑神疑鬼、驚恐不安。

◆用法：用在「驚懼恐慌」的表述上。逃犯坦承在逃亡過程中，終日心神不寧，草木皆兵。

※打成一片

學期結束時兒子把成績單交給父親，父親看了勃然大怒，往兒子臉上就是一耳光罵道：

「你在學校裡爲什麼一天到晚打架？」兒子委屈地說：

「我沒有呀！」父親聽了，又是一巴掌說：

「你還嘴硬。」成績單上導師的評語明明寫著：

「『經常和同學打成一片』，難道是老師冤枉你嗎？」

【大師解頤】

故事中的父親因不了解成語的正確意涵，造成對兒子的誤解。

【學習天地】
【打成一片】
◆釋義：人與人相處，生活親近，感情融洽，不分彼此。
◆用法：如：「他才上任不久，就已和大夥兒打成一片了。」

※金屋藏嬌

有兩個彼此不是很熟的婦女碰在一起，無意間就聊起了自己的家庭、先生、和小孩。

「你先生姓什麼啊？」甲小姐問。
「我先生姓金，『**金玉滿堂**』的金。」乙小姐回答。
「哎呦，真巧啊！我先生也姓金，『**金屋藏嬌**』的金」。
甲小姐：「……」

【大師解頤】
笑話中的乙小姐因沒有正確了解成語的意涵，會造成用語的不恰當。

【學習天地】
【金屋藏嬌】
◆釋義：指營建華屋給所愛的人居住。後用「金屋藏嬌」比喻男子納妾或有外遇之事。（教育部成語典）

◆典源：《漢武故事》（據《藝文類聚．卷八三．寶玉部上．金》引）：「帝年數歲，長公主遍指侍者曰：「與子作婦，好否？」皆不用。後指陳后，帝曰：「若得阿嬌，當作金屋貯之。」

◆說明：漢武帝年幼時被封為膠東王，有一次他的姑媽（長公主）把武帝抱在膝上，笑著問他說：「你想不想娶媳婦啊？」武帝回答：「當然想啊。」長公主一一指著侍立身旁的美女，問道：「宮裡有這麼多的美女，你想娶誰當媳婦呢？」武帝答：「我都不喜歡。」長公主聽了，就指著自己的女兒，問道：「那我把阿嬌嫁給你，好不好？」阿嬌是武帝青梅竹馬玩伴，武帝本來就很喜歡她，一聽到姑媽要把女兒嫁給自己，就很高興地說：「如果我將來娶了阿嬌，一定會建造一棟華麗的房子給她住！」後來，在長公主的撮合下，武帝果然和阿嬌成婚，即位之後也立阿嬌為皇后。

◆用法：用在「婚姻不忠」的表述上。如：老李看來忠厚老實，居然也會金屋藏嬌，令人深感訝異。

※一拍即合

有一個小朋友問爸爸：「什麼叫做『一拍即合』？」

爸爸說：「這麼簡單你都不懂，就像你媽媽，平常嘮嘮叨叨、愛講話，不知道停；我聽得受不了，一時氣不過，就拍她一個大耳光，她的嘴巴馬上就立刻合上了。」

【大師解頤】

故事中的爸爸故意將成語做新的解釋，在正式的寫作當中除非有特殊用意，否則應避免。

【學習天地】

【一拍即合】

◆釋義：一打拍子就合乎曲子的節奏。比喻同類型的人或事物極易湊合在一起。（教育部重編國語辭典修訂本）

◆用法：《歧路燈・第十八回》：「君子之交，定而後求；小人之交，一拍即合。」

※音容宛在

一位教授收到學生的信說：

「老師，自從您走了，從我們學校離開後，害得我們痛失良師，大家都深深地懷念你。」教授看了好氣又好笑，後來回信給這個學生：

「我現在過得很好，還是『音容宛在』！」

【大師解頤】

這一則當中學生錯用成語，教授也故意錯用成語調侃一番！。

【學習天地】

【音容宛在】

◆釋義：人的聲音與容貌彷若在眼前，多用於對死者的弔唁之詞。

◆用法：雖然父親已經與世長辭，但在我們心中，他老人家「音容宛在」，難以忘懷。（教育部重編國語辭典修訂本）

※津津有味

某生上課時睡覺，被老師發現。

老師：「你爲甚麼在上課時睡覺？」

某生：「我沒睡覺哇！」

老師：「那你爲甚麼閉上眼睛？」

某生：「我在閉目沉思！」

老師：「那你爲甚麼直點頭？」

某生：「您剛才講得很有道理！」

老師：「那你爲甚麼直流口水？」

某生：「您剛才講得津津有味！」

【大師解頤】

故事中的學生也犯了誤用成語的錯誤。

【學習天地】

【津津有味】

◆釋義：形容興味濃厚的樣子。後亦用「津津有味」形容食慾盎然或食物的美味。

◆典源：明．毛以遂〈曲律跋〉（據明．王驥德《曲律》引）：「先生於譚（藝）之暇，每及詞曲，津津乎有味其言之。」

◆說明：「津津有味」的「津津」，是形容豐厚、滿溢的樣子。「津津」是用來形容「精熟之氣」滿溢的樣子。後來，「津津」則又有濃厚的意思。「津津有味」這個成語，較早則見於明代王驥德的著作《曲律》中毛以遂所作的跋。文中提到的王伯良即是王驥德，其字伯良，工於詞曲，為明代著名的戲曲理論家，所著《曲律》為古典戲劇理論的經典之作。

他在書中有言：「詩不如詞，詞不如曲。」（《曲律．卷四．雜論下》）由此可見他對戲曲的喜愛，所以毛以遂描述他：「每及詞曲，津津乎有味其言之。」也就是說他只要一談到詞、曲，絕對是充滿興味，滔滔不竭。

後來「津津有味」這個成語可能就從這裡演變而出，被用來形容創作或欣賞者興味濃厚的樣子。現在使用的語義更為廣泛，亦可用來描寫食慾盎然的樣子，或直接形容食物的美味。

◆用法：用在「熱衷沉迷」的表述上。如：王教授的演講十分精彩，讓在場人士聽得津津有味，欲罷不能。（教育部成語典）

※開卷有益

九歲的小明對老師說：

「您說『開卷有益』，果真一點也沒錯！在家裡，我只要打開課本，媽媽就不會叫我幫忙。」

**【大師解頤】**

故事中的小明曲解了成語的釋義。

**【學習天地】**

**【開卷有益】**

◆釋義：「開卷有益」之「益」，典源作「得」。打開書冊閱讀，必有所領悟獲得。後用「開卷有益」指打開書本閱讀，即能得到好處。

◆典源：

1.《宋書．卷九三．隱逸列傳．陶潛》：「少年來好書，偶愛閑靜，開卷有得，便欣然忘食。見樹木交蔭，時鳥變聲，亦復歡爾有喜。」

2. 宋．王闢之《澠水燕談錄．卷六．文儒》：太宗銳意文史，太平興國中，詔李昉、扈蒙、徐鉉、張洎等，門類群書為一千卷，賜名《太平御覽》。又詔昉等撰集野史為太平廣記五百卷，類選前代文章為一千卷，曰《文苑英華》。太宗日閱《御覽》三卷，因事有闕，暇日追補之，嘗曰：「開卷有益，朕不以為勞也。」

◆說明：「開卷有益」原作「開卷有得」。陶潛，東晉潯陽柴桑人，陶侃的曾孫，名淵明。陶淵明出自顯宦之家，書香門弟，雖然家道中落，但家中藏書豐富，家庭教育良好，養成他愛好讀書的習慣。

他曾說：「少年來好書，偶愛閑靜，開卷有得，便欣然忘食。」陶淵明從小即喜愛閱讀，當讀到對書中文義有所領悟時，便高興得忘了進食。由此可見他以閱讀來豐富他的精神世界。

後來「開卷有益」這句成語就從這裡演變而出，用來指打開書本閱讀，即能得到好處。在宋．王闢之的《澠水燕談錄》裡記載了一則「開卷有益」的例子：宋太宗趙光義非常喜歡讀書，但歷代典籍文史資料實在太多，所以他命令當時的大文學家李昉主持編輯一套集歷代圖書資料精華的百科全書。

李昉等學者歷經七年的努力終於編成，宋太宗對這部書非常重視，同時為它取名為《太平御覽》，規定自己要在一年內看完它，就算政務繁忙，也一定要找時間補讀。大臣們怕他太勞累，常勸他多休息，但宋太宗卻說：「『開卷有益』，經常看書，總是有好處的，我一點也不覺得累。」也有人認為典源當出於此。

◆用法：用在「勤學受益」的表述上。如：俗話說：「開卷有益。」我們平日應勤讀好書，變化氣質。

※口齒不清

小航：「今天考試有一道題目問，蛀牙的原因？」

媽媽：「妳怎麼回答？」

小航：「口齒不『清』。」

【大師解頤】

故事中小航所用成語並無牙齒清洗不乾淨之意，顯然使用不當。如果在「口齒不清」的「清」字加上引號，使人知道是故意使用的，如此反而有用詞的效果，讓人會心一笑。

【學習天地】

【口齒不清】

◆釋義：比喻說話不流暢。

◆用法：他講話經常口齒不清，沒幾個人聽得懂。

※青春永駐

大姊在附近當一位小學生家教。她說前幾天生日，那位小學生送了一張賀卡給她，上面寫著：「祝老師青春永ㄓㄨˋ」。

原來他不會寫「駐」。大姊要他去查字典。

第二天，他把「ㄓㄨˋ」擦掉，寫成「蛀」字。大姊又好氣又好笑，可是還是耐著性子解釋說：

「蛀，被蟲咬壞的意思。」

聽完解釋，只見他**一言不發，拿起筆在「蛀」的上面加了一個「不」字。**

這下你說通還是不通？

【大師解頤】

成語的使用必須掌握書寫的正確性，否則會造成使用上的困擾。

【學習天地】

【青春永駐】

◆釋義：駐，停留。青春永駐指永遠保持年輕。（教育部重編國語辭典）

◆用法：如：「每天運動將使你青春永駐。」

※不安於室

小明在作文簿上寫：

「我的姊姊是個不安於室的人，每天一大早就出門，直到傍晚才回家。」

【大師解頤】

這也是沒有正確把握成語用法所造成的錯誤。

【學習天地】

【不安於室】

◆釋義：已婚婦女不守婦道，有外遇。（教育部重編國語辭典）

◆典源：原作「不安其室」，見〈詩經．邶風．凱風．序〉：「衛之淫風流行，雖有七子之母猶不能安其室，故美七子能盡其孝道，以慰其母心而成其志爾。」

◆用法：如：既已嫁為人妻，就該嚴守婦道，怎能不安於室呢？

※雪中送炭

中國人一直保持著接濟別人的美德，也就是雪中送炭的精神。有一年冬天為了發揮同胞愛，特地擴大雪中送炭的活動，八歲的小明很疑惑的問他媽媽說：

「為什麼要送炭？送瓦斯不是更好嗎？」

【大師解頤】

成語有其約定俗成的用法，不可任意改動。

【學習天地】

【雪中送炭】

◆釋義：在下雪天送炭給人取暖。比喻在人艱困危急之時，給予適時的援助。

◆典源：唐．釋德行《四字經．甲乙》：「病龍行雨，緣木求魚。高山採石，淘沙見金。破扇停秋，雪裡送炭。」

◆說明：「雪中送炭」原作「雪裡送炭」。「雪中送炭」的意思就是在大雪中給受凍的人，送來取火的木炭，讓他們保暖。這是一種對別人表示關懷的做法。根據《宋史．卷五．太宗本紀》的記載，宋太宗淳化四年二月間，雨雪不斷，天氣奇寒，太宗體恤當時孤苦的民眾，所以派人送去錢財、米和炭。這就是「雪中送炭」的例子。

宋代詩人范成大有一首〈大雪送炭與芥隱〉詩，講他於大雪中送炭去給友人的事。其中有兩句：「不是雪中須送炭，聊裝風景要詩來。」意思是說不是真的來送炭，是藉機來要詩的。這種明明是來救濟朋友，卻為朋友留餘地的做法，是值得尊敬的。另外一位宋代的詩人高登，寫了一首〈覓蠹椽〉詩，從詩的序和內容來看，是說因為天寒，高登家中無薪柴可取暖，所以去向友人要，卻發現友人也是窮到只好把家中的酒槽劈了來當柴燒，他只好回去找看有沒有被蟲柱壞的梁柱可用。

原來盼望有人能雪中炭，最後卻是貧困對貧困，自覺可笑又可憫。從這些故事來看，「雪中送炭」常用來比喻在別人急困的時候，伸以援手的意思。比宋代這些資送料還要早的文獻，可以找到唐代德行禪師的《四字經》，裡頭就有「雪裡送炭」的說法。這句成語常和「錦上添花」一起用，也可一併參考。後來「雪中送炭」這句成語可能就從這裡演變而出，用來比喻在人艱困危急之時，給予適時的援助。

◆用法：用在「援急救危」的表述上。如：人情現實裡，錦上添花者多，雪中送炭者少。（教育部成語典）

※高枕無憂

某日甲生對乙生說：「我好憂愁啊！」

乙生說：「那簡單，只要你晚上睡覺把枕頭墊高一點就可以了。」

甲生：「為什麼？」

乙生：「因為『高枕無憂』啊！」

【大師解頤】

這一則是用了成語的字面義。

【學習天地】

【高枕無憂】

◆釋義：墊高枕頭，無憂無慮地睡覺。形容身心安適，無憂無慮。（教育部成語典）

◆典源：《戰國策．齊策四》：馮諼曰：「狡兔有三窟，僅得免其死耳。今君有一窟，未得高枕而臥也。請為君復鑿二窟。」

◆說明：「高枕無憂」原作「高枕而臥」。據《戰國策．齊策四》載，戰國時，有一個叫馮諼的人，在齊國孟嘗君門下作食客。

有一次，馮諼替孟嘗君到薛地去收債，但是他不但沒把錢要回來，反而把債券全燒了。薛地人民都以為這是孟嘗君的恩澤，對孟嘗君十分感激，馮諼等於幫孟嘗君買了「義」回來。但孟嘗君對馮諼的舉動非常不諒解。直到後來，孟嘗君被齊王解除官職，回到薛地居住。

到了薛地，受到人民熱烈的歡迎，孟嘗君這才了解馮諼的用心。這時馮諼對孟嘗君說：「聰明的兔子都有三個藏身的洞窟，在緊急的時候就可以逃過獵人的追捕，免於一死。但是你現在只有一窟，還不能把枕頭墊得高高，無憂無慮地睡覺，我會再幫你尋找另外兩窟。」於是馮諼去見梁惠王，他告訴梁惠王，如果能請到孟嘗君幫他治理國家，那梁國一定能國富兵強。

於是梁惠王派人邀請孟嘗君到梁國，連續請了三次，馮諼都叫孟嘗君不要答應。當齊王得知梁國一直派人來請孟嘗君，連忙也派人請孟嘗君重回齊國當相國。馮諼要孟嘗君向齊王請求，把先王傳下的祭器，放在薛地，並且興建宗廟，以確保薛地的安全。當宗廟建好後，馮諼對孟嘗君說：「現在三窟已成，從此以後你就可以把枕頭墊得高高，無憂無慮地睡覺了！」典源又見《戰國策．魏策一》內容則是表述張儀企圖遊說魏國背棄合縱，改投連橫以事秦。他說魏國如能事秦，那麼楚國、韓國一定不敢輕舉妄動。沒有楚國、韓國的外患，那麼魏國國君就可以「高枕而臥」了。後來「高枕無憂」這句成語就從這裡演變而出，用來形容身心安適，無憂無慮。

◆用法：用在「安逸無憂」的表述上。如：年輕時的努力，是為了老年時可以高枕無憂。

※拾人牙慧

牙科醫師老陳希望他的兒子也能讀醫學院的牙醫學系，將來好子承父業。
「不！我不要做牙醫師。」兒子斷然拒絕，老陳忙問為什麼原因？
「因為我不願意拾人牙『穢』！『汙穢』的『穢』！」兒子立即回答。

【大師解頤】

故事中的兒子故意替換成語中的字形，以表現自己不願行醫的原因。

【學習天地】

【拾人牙慧】

◆釋義：牙慧，言談間流露出的智慧。後用「拾人牙慧」比喻蹈襲他人的言論或主張。

◆典源：南朝宋・劉義慶《世說新語・文學》殷中軍云：「康伯未得我牙後慧。」

◆說明：晉朝的韓康伯從小就聰明懂事，很得舅舅殷浩的疼愛，《晉書・卷七五・韓伯列傳》就記載了一段殷浩稱讚韓康伯的話：「康伯少自標置，居然是出群器。」意思是說韓康伯雖年輕，卻自視甚高，果然是同輩中最為出色的。殷浩就像一般的長輩，除了愛護康伯之外，同時也期望他不要仗著聰明就驕傲自大。有一次他看到康伯在言談間流露出一副學問淵博的樣子，就說：「康伯自以為學問淵博，其實連我言談中的智慧都未嘗得到。」殷浩對《老子》、《周易》頗有研究，是當時候的清談名家。對後生晚輩的狂妄甚不以為然。後來「拾人牙慧」這句成語就從這裡演變而出，用來比喻蹈襲他人的言論或主張。

◆用法：用在「抄襲剽竊」的表述上。如：這篇論文毫無見地，不過拾人牙慧而已。（教育部成語典）

※三國

由於老師要同學回家準備一些與三國時代有關的資料，於是就去借了三國演義來閱讀，在閱讀時，讀到了**張飛和諸葛亮**的事蹟，小表妹聽了就一直看著我，然後她跑出去對姨媽說：「原來**張菲和豬哥亮**已經主持節目有好幾百年了。」語畢，眾人已笑得彎下腰去了。

【大師解頤】

典故的運用有其歷史背景，不可與現代社會混為一談。

※我的姐姐

某生在一篇題為「我的姐姐」作文裡寫道：我姐姐的嘴很大，講起話來真是「**驚天動地**」；看到錢就「**歡天喜地**」；用起錢來真是「**揮天霍地**」；找起東西來就「**翻天覆地**」；有點毛病就「**呼天搶地**」；有事找我幫忙就「**求天拜地**」；我有事求她幫忙就「**拖天賴地**」；現在她出嫁了，唉！真是「**謝天謝地**」。

【大師解頤】

恰當地運用成語可使文章增色，如本則的描寫，就顯得生動而富趣味性。

# 第四式

# 直搗黃龍—結構内容篇

寫作時，除了要求基本的字形、字音、字義掌握正確外，也必須斟酌一篇文章的結構如何安排、內容如何呈現，才能凸顯文章的意旨與美感來。

以下我們就文章的審題、立意、布局、材料、觀察力、作法、內容語言、結尾及標點符號等所需注意的面向，透過一些饒富趣味的笑話加以分析，直搗黃龍吧！

## 審題

林明進先生言：「所謂『審題』，就是在動筆寫作之前，要仔細認真琢磨作文題目中的每一個字，確實而詳細的瞭解題目的含義和要求，把握住寫作的重點、文章的中心主旨、取材的範圍以及文體的選擇，以便正確地依照命題的意圖和文章的要求進行寫作。」（93.03.29 國語日報）那麼我們要如何避免錯誤的審題而造成文不對題的現象呢？以下提供一些審題的原則：

細細分析題目中的每一個字。

如「我的爸爸」和「我和爸爸」兩個題目差一個字，但仔細想想的結果，「我的爸爸」應該是向第三人介紹自己的爸爸，著在爸爸的外型、個性、嗜好等等；「我和爸爸」應該著重在親子相處的情形作紹，焦點放在親子相處溫馨或感人的事件上。

找出題目中的關鍵字詞，針對關鍵字詞來構思。

「我最難忘的一件事」，一生遇到的事件有很多，題目重點在「難忘」二字，既然是最難忘的事，那就不該有第二件或第三件的描述，集中寫作難忘的事件其前因後果及個人感想，將這件事帶給個人的衝擊表達給讀者。多角度思考，利用不同角度解讀題目。看似相同的題目你會發現其中將有細的分別；換句話說有時候看似不同的題目其實要說的是同一件事。

「我最難忘……」只要後面接的字眼不一樣，其實就差很多。反過來說「我最難忘的一事」與「感動」兩個題目，乍看之下，好像不一樣的方向，其實難忘的一件事可以是驚險、難過、驚喜等，當然也包括感動，所以我們可以集中火力寫讓我最動的一件事。

（摘自：樂活學園部落格）

林明進先生提供我們審題法如下：

**（一）標記審題法：**

就是根據題目中所標明的某類文體特徵的詞語，來判斷這個題目，應該採用什麼文章體裁的審題方法。例如：作文題目中有「記……」或「……記」，題目中隱含「我」或出現「我」這一類的，就是要求以記敘文為主的寫法，記敘文中往往有記、憶、事、見聞、剪影之類的標記。

「我的老師」，應以寫「人」為主；「一個小人物的故事」，應以敘「事」為主；「春雨」，應以寫「景」為主。「我的爸爸」與「我和爸爸」就有很大的不同。作文題中有「贊」、「頌」、「抒懷」之類的字眼，就是要求寫成抒情色彩較濃的文章。其他如題目中帶有「論」、「談」、「評」、「說」、「析」、「有感」、「啓示」等詞語標記的，就應寫成論說文。

**（二）分析審題法：**

就是根據題面的文字來進行理解分析，以便抓住要點的審題方法。例如：「他的行爲感動了我」，分開看，可以分成「他的」、「行爲」、「感動」、「我」四部分，「他的」包含了「人與事」，「行爲」是具體的內容，「我」是「感動」的對象。綜合結論：這個題目應寫成以記事性爲主、以「抒情」爲輔的文章。題目的重心是寫某人一次行爲感動了我，「感動」是題眼，應全力寫出「感動」的過程。

**（三）時間審題法：**

就是根據題目中的時間詞來界定寫作範圍的審題方法。例如：「暑假見聞」，就限制所寫的見聞應發生在暑假。「考試前後」，時間上要跨越「考試前」與「考試後」。「激動的一刻」，所選的材料，必須是發生在一個很短暫的時間裡的故事。

**（四）空間審題法：**

就是根據題目中表示空間或方位的詞語作關鍵的審題方法。例如：「我在忠烈祠前」，屬於人事活動的地點背景。「癌症病房的故事」，故事是發生在具體場合。「放學途中」，提示了動向的軌迹，所寫的就必須是放學回家路上的所見所聞。

**（五）量詞審題法：**

就是根據作文題目中表示取材範圍的數量詞，作爲數量限定的審題方法。例如：「我最難忘的一件事」，只能寫一件事；「父親二三事」，要求寫的是若干事，就不只一件事了。

**（六）修飾限制詞審題法：**

就是掌握關鍵詞前的修飾和限制詞的審題方法。例如：「讓人高興的意外」，不但要敘寫意外事件，同時要凸顯使人高興的結果。「熱滾滾的忠孝東路四段」，就不能只是對忠孝東路作一般性的介紹，還要渲染熱鬧的景象。（93.03.29 國語日報）

掌握了以上的審題原則，我們不妨透過一些詼趣的故事或笑話來認識「審題」的重要吧！

※翻譯

老師期中考出了一題翻譯「子在川上曰：『逝者如斯夫，不捨晝夜。』」老師改完考卷後，很嚴肅的說：

**「有位同學寫『死去的那個人好像是我的丈夫，白天晚上看起來都很像……』」**

**【大師解頤】**

本笑話中的學生不明白古文原義，而做了錯誤的解讀！寫作時，若不能好好把握題目的意旨，只是斷章取義或自己瞎猜，其內容恐會成為他人閒聊、訕笑的對象！

※上任誓言

有個縣令剛上任，爲了表明自己爲民父母，廉潔公正，就請來匠人，用上好木料製作了兩幅燙金誓聯，懸掛在衙門兩邊，上聯寫道：

**「得一文，天誅地滅」**。

下聯寫道：

**「徇一情，男盜女娼。」**

百姓見了這兩幅誓聯，都高興的說：

「可好了，總算盼到了清官。」誰知道，任職不久，上衙門來行賄的人絡繹不絕，凡有金銀絲帛，這個縣太爺無不一一收下，土豪劣紳欺壓百姓，犯了罪惡，請他徇情枉法，他也無不一一答應。有人對他說：

「老爺您忘記您自己所掛的誓聯了嗎？」這個縣太爺回答說：

「我倒是確實按誓聯辦理的，你沒看見，我所得的並非只有一文錢，所徇的情也不只一件吧！」

**【大師解頤】**

**本則故事中縣令的誓聯造成老百姓不同的解讀，這也告訴我們審題時有可能犯了自以為是的盲點，必須謹慎判斷才好！**

※翻譯

有一次，有一個老師在上作文課，他就在黑板上寫題目「論理性與感性」有一個學生遲到，沒聽到老師之前在說啥，就匆匆忙忙的寫了。他的老師看到那篇文章，就把他叫了過來。

師：「你在寫什麼啊？怎麼那麼低級啊？」

生：**「我是看老師出的題目寫的啊！不是『性感與性理論』嗎？」**

師：「……。」

※下一站停車

某日小明與同學搭公車回板橋，而在前面第一位的博愛座上有一位老阿婆，這位老阿婆每次在車子停站時就站起來！從台北車站一直到萬華都反覆如此。

小明受不了就問那老阿婆：

「阿婆，您為什麼在每次車子靠站時就站起來呢？」

阿婆：「每次車子靠站時，在司機上方的顯示板就會顯示『車停站一下』，所以我在每次車子靠站時就要站一下啊！」

小明：**「拜託！阿婆是『下一站停車』不是『車停站一下』！」**

【大師解頤】

第一則文中的學生將題目的書寫次序讀錯了，自然寫不出切合題旨的文章！第二則故事中的老阿婆，也是因為混淆了公車顯示版文字的次序，鬧出了笑話！對於題目的字形或次序（中文橫式書寫為由左而右；直式書寫為由右而左）若沒有仔細判斷，會造成我們對題目錯誤的理解。

※吃藥

老林生病不舒服，到附近診所去看病，醫生開給他大小藥丸各一包，交代他大的吃一顆，小的吃二顆。

回家後，老林把兩個兒子叫到面前，餵大兒子吃一顆，小兒子吃兩顆，餵完藥後，他有點不解的自言自語說：「這醫生真奇怪，為什麼我生病，卻叫孩子吃藥呢？」

**【大師解頤】**

文中的老林誤會了醫生的說明，而鬧出了笑話！現實生活中如果真像老林這樣做，恐怕會害人不淺呢！而這也同樣提醒我們要弄清楚文章題目的語意，否則差之千里呀！

※項羽與拿破崙

滿清末年，為因應西方文化日漸東傳，所有的事物都呈現一種東西混合的情形，如服裝儀容、建築等。此時科舉亦不例外，某次科舉為迎合要考中外歷史的旨意，於是出了一道題：「項羽拿破崙論」。

於是有位考生寫到：「項羽是力拔山河之壯士，怎麼會有破輪而不能拿呢？何況如果破輪自修其政，又怎會被項羽所拿？拿全輪都不勝，何況於拿破輪呢？」

「……。」

※九份芋圓

某次，阿華和同學出去逛街，覺得口很渴，突然看到一小販，攤位上寫著九份芋圓元，於是阿華就打算買這個止止渴。他告訴老闆：

「老闆，九份芋圓是賣三十五元對不對？」

「對！」

「那……一份芋圓賣多少錢？一定要一次買（九份）嗎？會不會吃不完啊？」

※香港一角

香港某中學，有位老師給學生出了一道作文題目——「香港一角」。有一個學生不假思索就揮筆疾書：

**「今天的香港，一角錢連半片薄麵包也買不到。」**

※開慢點

歐巴桑要搭火車來台北探親。驗票員對歐巴桑說：

「太太，妳搭錯車了，你的車票只能『慢車』，不能『快車。』」歐巴桑說：

「那請司機開慢點，不就成了。」

【大師解頤】

首則文中的考生將「拿破崙」的名字誤以為是「拿著破輪子」之義，才寫出如此令人噴飯的文章。

第二則文中的主角阿華亦犯了將地名（九份）與數量詞混淆的毛病，而鬧出了笑話。

第三則文中的學生把「角落」之意解讀成錢幣數量的「一角」，文章離題甚遠。

第四則文中的歐巴桑誤會了司機的意思，所謂「慢車」並非意味車子開得很慢的意思，而是指車子的型號、屬性。

由以上四則故事可知：審題最忌斷章取義，胡亂猜測！

## 【學習天地】

### 【古今人物介紹】

項羽（前二三二年─前二〇二年），名籍，字羽，古代中國將領，秦下相（今江蘇省宿遷市宿城區）人，後遷吳中（今江蘇省蘇州市）。秦末時被楚義帝封為「魯公」，在前二〇七年的決定性戰役鉅鹿之戰中統率楚軍大破秦軍，秦亡後自封「西楚霸王」，統治黃河及長江下游的梁楚九郡，後在楚漢戰爭中的垓下之戰為劉邦所敗，逃亡至東城被殺。

《史記・項羽本紀》稱項羽在烏江（今安徽和縣）自刎而死。項羽的勇武可稱天下無敵（中國歷史對其有「羽之神勇，千古無二」的評價），他是中國數千年來最以勇猛聞名的統帥，「霸王」一詞，專指項羽。

拿破崙・波拿巴（法語：NapoléonBonaparte，一七六九年八月十五日─

一八二一年五月五日），即拿破崙一世（NapoléonIer），出生於科西嘉島，法國軍事家與政治家，法蘭西第一共和國第一執政（一七九九年—一八〇四年），法蘭西第一帝國及百日王朝的皇帝（一八〇四年—一八一四年，一八一五年）。其統治下的法國，曾經佔領過西歐和中歐的廣大領土。（維基百科）

※常懷感謝的心

小明剛考完國文科的考試，一出來就大聲嚷嚷說：「歐陽菲菲的歌還真出名啊！」同學狐疑地看著他，小明說：「作文題目不是常懷感恩的心嗎？」結果，同學告訴他是「常懷感謝的心。」

【大師解頤】

在考場寫作時，切記要將題目的每個字句看清楚，避免誤讀題意的可能。例如將文章題目「國文的重要」看成「國父的重要」，那寫出來的文章可就錯得離譜囉！

※雙胞胎家族

由於我的家族各有雙胞胎舅舅和叔叔，常常會搞不清楚誰是大的，誰是小的。

雙胞胎舅舅要結婚時，為了省錢，只好一起辦婚禮，在婚禮當天，雙胞胎舅舅穿著相同的衣服出現時，當場讓所有人傻了眼。更絕的是，兩位舅媽從頭到尾都不知道自己牽錯新郎。

【大師解頤】

這一則故事意在告訴我們：寫作文時最忌諱將題目看錯，或者以自己已有的觀念來看題目。題目看錯了，整個方向、結構自然也錯了，即使寫得再出色，也只能抱鴨蛋回家了，所以平時寫作文，一定要具備「先看清題目才下筆」的觀念。

※雨天的邂逅

就在某個下雨天，有一個北一妹妹上了公車，就在她上車後，外面就下起雨來了，那個北一妹妹就很擔心，因爲她沒有帶傘，後來要下車了，雨還在下，她沒辦法，只好硬著頭皮跑，結果，她突然發現，旁邊走來一個高高的，穿著建中制服的男孩子走到她身旁爲她撐傘，她好害羞，一路上都低著紅通通的臉，那個建中男生也溫柔地配合她的腳步慢慢地走，眼看著她家就到了，她心想應該要謝謝人家，所以，她就用最溫柔、最嫵媚的聲音說：

「今天真是非常的謝謝你。」

也不知道沈默了多久，建中男生終於開口說：

「姐！你的聲音怎麼變成這樣！」

【大師解頤】

文中北一女的同學沒有看清幫自己撐傘的人，原來是自己的弟弟，而鬧出了笑話。因此寫作時題目沒看清楚，同樣也會出現文不對題的窘境。

※原因

輔導員：「你到底是爲了什麼原因，才被關進來？」

囚犯：「我被警察追捕時，失足跌了一跤，才被捉住。」

【大師解頤】本則故事提醒我們寫作時，要明確審題，看清楚題目要我們寫什麼，不要如上述的對話一般，答非所問。

※一個青春期男生的告白

我是一個青澀的國中少男，人家說少年維特的煩惱多多，雖然我不叫維特，可是煩惱也不比他少，我是一個用功又有詩意的國中生，所以我最愛上國文課了。

昨天老師要我們寫一篇作文，題目叫作「我生長的地方」，真討厭，這樣的題目實在太簡單了，不能考驗我的實力，現在就把我寫的精采內容和大家一起分享：

「炎炎的夏日，蟬鳴唧唧，我生長的地方真的很多，而且太複雜了，這個題目我覺的很好發揮，只是會有一點不好意思，尤其現在我正值青春期，身體各方面，和各器官都在急速的生長中，是急速的喔！還迅雷不及掩耳的生……。」

※思春記

小女：「今天上課，我寫了一篇思念春天的作文，老師看了，竟一言不發的把題目改掉。」

母親：「作文題目是？」
小女：「思春記。」

【大師解頤】

第一則文中的國中生錯讀了題目的意思，所謂「生長的地方」指的是家鄉或居住的環境，並非指身體器官。

第二則明顯地，小女誤解了題意。這是因為中文的詞語縮減後，有時與縮減前的詞語釋義不同。如「思念春天」，就不能縮減成「思春」（從思念春天的景象，衍伸為指男女間相慕悅的情），兩者釋義大不同。

※夏雲多奇幻

古代某位私塾教師，一日以「夏雲多奇幻」五字爲題，命學生作詩詠之，並且說明此題的要點在一個奇字。有一學生姍姍來遲，只聽見後半段說明，便動筆寫道：「宰相升知府，將軍背大旗，老爺求小僕，和尚取山妻，蝴蝶能獅吼，蝦蟆當馬騎，小貓吞猛虎，螞蟻抱雄雞」。

熟師讀之，於文後批曰：**「奇則奇矣，離題萬丈，乃奇中之尤奇者也。」**

【大師解頤】

審題時不能單看某一字詞就據以描寫成篇，仍需注意整體題目強調的重點。如文中的學生所寫的景象，奇則奇矣，卻離題萬丈，亦是枉然！

※龍太初

王安石在任職宰相時，拔擢過不少文學方面的人才。據說他與詩人龍太初的相識，是源於王安石的一次當面試才。王安石隨性地出了「沙」做題目，只見龍太初略作沈思，便走到案前寫下：

「茫茫黃出塞，漠漠向鋪汀。鳥去風平篆，潮日回射星。」

至此，龍太初便成爲王安石門下的一位學子了。

【大師解頤】

龍太初所作之詩，雖為詠沙，卻不見一沙字，就是他高明的地方，即古人所謂的「不著題」。審題時亦應注意不可拘泥在題目所給與的字面釋義上，如此才能寫出有內涵的文章。

【學習天地】

【古今人物介紹】

王安石：（一〇二一年十二月十八日—一〇八六年五月二十一日），字介甫，號半山，謚文，封荊國公。世人又稱王荊公。北宋撫州臨川人。中國歷史上傑出的政治家、文學家、思想家、改革家。

北宋丞相、新黨領袖。歐陽脩稱讚王安石：「翰林風月三千首，吏部文章二百年。老去自憐心尚在，後來誰與子爭先。」有《王臨川集》、《臨川集拾遺》等存世。其亦擅長詩詞，流傳最著名的莫過於〈泊船瓜洲〉句：

「春風又綠江南岸，明月何時照我還。」

龍琰：字太初，北宋元符（一〇九九）舉人，任安遠尉。宋代詩人。文中對話出自《蛩溪詩話》，原文：「龍太初自稱詩人，謁介甫，坐中賦沙云：『鳥過風平篆，潮回日射星。』成于促迫，而切當如此，固宜詩人不復措辭。然皆有所據，韓公《聯句》云：「窰烟羃疎島，沙篆印迴平。」《詠月》云：『輝斜通壁練，彩碎射沙星。』」

## 立意

林明進先生分析文章的立意提到：「所謂『立意』，就是確立文章的主旨，也就是把你想讓別人知道的中心思想，作明白的確立。這個中心思想的內容，一定有它的前因後果，所以這個中心思想必須貫穿全文。整篇文章都應該與這個中心思想，有直接或者間接的關連；換句話說，能夠確立文章的主旨與貫通文章的思路以後，由這個中心思想所歸納或演繹的前因後果，才能首尾一致，純粹統一。」（國語日報 93.04.12）

可見立意的高下關係到文章的完整性。他並分析立意的原則有五：

**第一、立意要明確：**文章的基本立場要正確明白，表達的思想情感要健康合理，內容要結合時代的方向。

**第二、立意要創新：**文章主旨的確立，要清新脫俗、見解獨到，切忌人云亦云、無關痛癢。文章少了創新的思維，自然就落入俗套，乏善可陳了。

**第三、立意要深刻：**文章不可浮光掠影，只是拉拉雜雜、東拼西湊就算成篇。立意要有引人深思、發人深省的內涵，才能吸引人，所以，立意要有一定層次的深度。

**第四、立意要高遠：**寫文章的人固然要從人群中認識實際的現象，但是還要跳脫出來，站在時代的高度來發現問題、思索問題、解決問題。這樣的立意，寫作才能看得遠、看得高，捕捉高瞻遠矚的靈感。

※許願神燈

有一個人撿到一個神燈，神燈裡的精靈告訴他可以許一個願望。

他說：「我想要一個三明治。」

精靈說：「你的願望太小了，應該許更大的。」

「那麼，」這個人很高興地說：

「我要三個特大的三明治。」

【大師解頤】

從這一則故事當中，給我們的啟示是：立意要高！並不是說更大、更好的願望理想就只是數量的增加而已，還應該包含更多。如生活水準的提高、能力的增強……等等。

而一篇文章的立意也是如此，思考層面不應只是橫的發展，而應是縱的提升。能愈有深度，則愈是一篇好的文章。

## 【學習天地】

關於提升文章立意的深廣度問題，我們不妨看看古代文學批評家劉勰所提出的看法：

**「是以陶鈞文思，貴在虛靜，疏瀹五藏，澡雪精神。積學以儲寶，酌理以富才，研閱以窮照，馴致以懌辭，然后使元解之宰，尋聲律而定墨；獨照之匠，窺意象而運斤：此蓋馭文之首術，謀篇之大端。」(文心雕龍．神思)**

這段意思是說：因此，醞釀文思的時候，必須虛心和寧靜，專一思考，清除雜念，淨化精神。首先要如儲藏珍寶一樣積累學識，其次要明辨事理來豐富自己的才學，再次要憑研究和審閱來徹底理解事物，順著思路，引出美好的文辭。這樣才能使深通奧妙道理的心靈，按著和諧的音律安排詞藻；正如一個有獨到見解的工匠，憑他想像中的形像自由運用斧子製作物件。

這是駕馭寫作的首要方法，考慮全篇佈局的重要開端。依據劉勰提出的方法，**累積學識**、**明辨事理**、**廣泛閱讀**、**活化思路**等四法可為借鏡。

## ※假如我是……

上小學四年級的小明要寫作文，題目是「假如我是……」，他找爸爸幫忙，爸爸鼓勵他自己思考，他終於想出「假如我是太空人」。

爸爸對牠的構思誇讚一番後，他接著說：
「我就要到太空去探險，我可能會發現一個新的星球……」
「好極了！」爸爸說，「然後怎麼樣？」
「等地球上的人多的住不下時，一部份人可以搬到新的星球上去……」
爸爸拍手叫好，期望他繼續說下去。
「到那時，我就可以炒地皮，發大財了。」

【大師解頤】
如故事中的小朋友，剛開始的目標遠大，立意高深，彷彿是一個未來的棟樑之材。但是聯想到最後，卻只是希望自己可以炒地皮發大財！一篇好的文章不該只停留在這個層次哇！

※我長大了要幹什麼

老師要求學生寫作文，題目是：《我長大了要幹什麼》。
冬冬寫道：「我長大了要當一名警察，幫助大家抓壞人。」
老師的評語是：「很好的願望，不過，要先注意你的同桌阿牛，他說長大了要去搶銀行。」

【大師解頤】
文章的立意宜高遠、正向、健康，如文中的阿牛竟以當銀行搶匪為志向，即使他文章寫得再好，在立意方面是有缺失的！

※髮型

四歲的大女兒很愛漂亮。上了幼稚園後，我特別在她的長髮上下工夫，常常爲她變換不同的髮型，希望她每天都能漂漂亮亮、歡歡喜喜地去上學。有一天放學後，天真的大女兒高興地告訴我：

「媽媽，好奇怪喔！不管我的頭髮怎麼綁，老師都認得我耶！」

【大師解頤】

作文題目是千變萬化的，我們不可能去一一猜測，但是不論是抒情文、論說文、記敘文還是應用文，都有一定的結構與行文的原則，千萬不能混為一談！

雖然我們看到名家的作品往往不拘一格、在各種文體間巧妙變化，但初入門者還是專心於寫作一到兩類的文體，等到熟悉各種文學體類之後，再加以選擇適合自己的寫作風格及方式進行創作！正如文中的小女孩髮型雖變，但我們仍能辨識其人是一樣的道理！

※內有惡犬

鄉間小雜貨店門上貼著一張「提防惡犬」告示，店裡進櫃臺處有一條熟睡的老狗。郁雯問雜貨店老闆：

「要提防的就是這條狗？我看牠一點都不可怕。爲什麼要貼告示？」

雜貨店老闆回答：「貼告示以前，顧客老是踢到牠。」

【大師解頤】

此則笑話中的老闆利用告示達到他警示顧客的目的。這也可用來印證文章立意分明，自然會有警醒的作用，讀者也比較能進入文章的中心思想。

※妳幾歲

一男子問一女子年齡。

男：「妳今年幾歲？」女：「比去年多一歲。」

男：「那妳去年幾歲？」女：「比今年少一歲。」

男：「……。」

【大師解頤】

本則故事中的女子對於男子的提問顯得言詞閃爍，沒有正面回答。寫文章時，若不能凸顯文意，只是東拉西扯，那擁有再高超的修辭技巧也是枉然！

※爲什麼牙痛？

路人：「你爲什麼哭？」小孩：「我牙痛。」

路人：「你爲什麼牙痛？」小孩：「因爲我吃糖。」

路人：「誰給你糖吃？」小孩：「媽媽。」

路人：「爲什麼媽媽給你糖吃？」小孩：「因爲我哭。」

路人：「……。」

【大師解頤】

本文中小孩的回答明顯犯了邏輯上的錯誤，寫作時亦須注意，主旨的呈現不應是紛繁雜亂的，仍應聚焦所要表達的概念，具體連貫。

【學習天地】

有人認為作品是作家情感的呈現，這句話當然是事實，因為沒有豐富的情感作為後盾，是很難打動讀者的。但就另一方面來說，光是只有情感的抒發而沒有精準的邏輯概念，其內容只會流於情緒性的發洩或是口號的呼喊而已！

以下提供論說文相關的行文邏輯：

◆演繹法：

據已知的普遍原則，來推論原則中的單一事件。通常由三個命題構成：大前提、小前提、斷案如：

凡是誠實的人才能坦坦蕩蕩地生活——大前提

你是一個誠實的人——小前提

所以你能坦坦蕩蕩地生活——斷案

使用演繹法時，要注意大前提及小前提的真實性，如：「凡是聰明的人都有好成績」，此前提不符合實際情況，故不可以此作為推論。

◆歸納法：

恰與演繹法相反，是由許多的個別事件，求得普遍的原則。如：要證明「凡殘暴的政權一定會被打倒」，則可以夏桀、商紂、秦始皇、希特勒等古今中外的人物，來推論此原則。

◆類比法：

利用已知的事例，去推求其他相關的事例，兩者之屬性愈相似愈佳。如：陶淵明一生貧困潦倒，但卻堅持自我，終能在文壇上建立不朽的聲名，而杜甫亦是。再去推究有相關特質之人。

## 佈局

古人寫作文章有所謂的「起、承、轉、合」之四段章法，這就是屬於謀篇布局的範圍。

所謂「**起**」，就是指文章的開頭。先提出自己的主張和看法。爲了讓別人信服你的主張。所以在起頭時，先要引起別人的留意，讓別人能夠耐心地看下去。

所謂「**承**」，就是指文章的承接，也就是「起」的支援。第一段的起頭布署好了，跟著就要提出一些有力的經驗，以強調首段的主張。

所謂「**轉**」，是指轉接，就是峰迴路轉，製造文章的高潮，在這一部分中，可以舉出例子來印證自己的主張正確。

所謂「**合**」，是指總合，也就是「結論」。把前面所說的話綜合提出結語。除了所謂的「四段章法」之外，亦可從「正反立論」、「順序立論」的方式來呈現。

※好消息壞消息

某一個不知名的村落因鬧旱災而無東西吃，於是村長出來宣佈：

村長：「各位村民，我有一個好消息和一個壞消息！」

村民：「先聽壞消息好了……」

村長：「壞消息就是，我們沒有東西好吃了，只剩下……牛糞餅。」

村民：「那好消息呢？」

村長：「好消息就是—我們還有好多好多的牛糞餅。」

**【大師解頤】**

佈局可用正反面立說：雖然村長所謂的好消息和壞消息，所指皆同一件事。然而透過佈局的正反面立說，同樣一件事有了不同觀點，使人能從各個角度去看這件事，增加了文章的說服力。

※總統牌

有一個書商，頭腦靈活，很善於利用廣告推銷書店裡的書。有一次，他有一批書滯銷，書商就把一本書寄贈給總統，並徵求他的讀後感，總統當然沒有回音。

書商連續給總統寄去同一本書，總統不堪其擾，回信應付說：

「這本書不錯。」

書商馬上打出「總統喜歡的書」這一廣告，很快的這批書銷售一空了。

第二次，書商又採用同樣的手段，總統回信故意調侃他：

「這本書不怎麼樣。」誰知書商打出的廣告是：

「現有總統不喜歡的書出售。」結果同樣是銷售大增。

第三次，書商又想利用總統的名人效應推銷書籍。這次，總統吸取了教訓，對書商的書不下評語，沒想到，書商仍然藉此大作廣告。廣告語是：

「這是一本總統都無法評價的書！」

【大師解頤】

寫作文時，文章的布局謀篇，可從「縱」的方面展開，即以時間推移做一線索，此稱為時間順序。這則幽默其三個階段，是按時間順序寫成，且以與主題有關的三個片段來寫，段與段之間的跳躍性較大。三段的寫作就有相當的說服力了。

※右胳膊

一個年輕人被控告犯了偷竊罪。他的辯護律師在法庭上辯解說：

「法官先生，我認爲被告入室行竊的罪名不能成立。因爲他並未入室，只是弄開了窗戶後，把右胳膊伸進去，拿了幾件不值錢的東西。我們不能因爲他的一個肢體犯罪就懲罰他的全身呀！」

聰明的法官想了一想說：

「這話不無道理。依據這個邏輯推理，本法官做出如下判決：判處被告的右手一年有期徒刑。至於他本人是否願意同右臂一起坐牢，由他本人決定。」

出乎法官意料的是，宣判後被告顯得十分滿意。他在辯護律師的幫助下，立即取下他的假手臂，把它恭恭敬敬地放在被告席上，得意的離開了法庭。

【大師解頤】

寫作文時，切忌淺、直、露、看頭知尾，一覽無餘。就如這段幽默，被告在最後取下假手臂放在被告席，然後得意洋洋地離開法庭。這真是出乎法官的意料，更是出乎讀者的意料。

※先後順序

小美在作文簿裡寫上長大後的願望：

「第一，我希望能有一個可愛的孩子；第二，我還希望能有一個愛我的丈夫。」

結果，發現老師寫了一句評語：

「請注意先後順序。」

【大師解頤】此則笑話點出作文也應有一定之描寫順序，或依照時間或依照空間之順序描寫，才不致於讓人產生誤解。

※鄭板橋的畫

揚州的富豪，多半是鹽商暴發戶，這些人富而不仁，鄭板橋最厭惡他們，其中有名闕大堆者，更是惡名昭彰，眾所不齒，他曾經多次託人向鄭板橋求畫，均被板橋一口回絕，不論出價多少，就是不賣。鄭板橋畫竹出了名，他愛竹和吃狗肉更出名，平日在清閒或煩悶的時候，常到城外的鄉野間散步，遇有竹林的地方，總要流連觀賞一番，或徘徊其間，悠然忘返。

有一天，在黃昏時分，板橋又出城去了。他漫步在阡陌間的小徑上，忽聞前面一片竹林深處，琴聲悠揚，清新悅耳，不覺神往，遂循琴聲走去。茂密的竹林間出現一座院落，幽靜無人，柴扉輕掩，琴聲發自堂上，板橋躡足走進，見一鬚眉如霜的老翁，正在專心撫琴，其怡然神態，似已到了忘我境界。

板橋不敢驚擾，正佇足靜聽，琴聲鏗然而止，一股撲鼻的肉香傳來，老饕板橋一嗅便知那是他愛吃的香肉。原來一個小童正自後院捧了一大缽熱騰騰的狗肉進來，老翁微笑起身招呼：

「雅客光臨，請來同酌一杯。」板橋見美味當前，早已食指大動，又蒙主人相邀，便欣然入座，大快朵頤。酒酣耳熱之後，板橋流覽廳內，几案整潔，惟獨四壁空空，不見一幅字畫，不禁問道：

「老丈聽舍，如此幽雅，何以壁間獨缺字畫？」老翁慨然答道：

「實不相瞞，一般庸俗作品，老夫不屑一顧，但聞鄭板橋詩書畫三絕，尚無緣見識，未知真假。」鄭板橋一聽呵呵大笑，意興飛揚的說：

「在下正是鄭板橋，馬上就畫幾幅，請老丈評鑑。」老翁又驚又喜，連聲道歉：

「失敬！失敬！請恕老夫方才出言無狀。」

遂命小童捧出文房四寶伺候。鄭板橋在飄飄然微醺酒意之下，運筆如飛，頃刻之間，菊石蘭竹，各畫一幅，老翁在旁，讚不絕口。

「敢問老丈，台甫如何稱呼？」鄭板橋要在畫上落款。

「賤名大堆。」板橋心下一怔，率直問道：

「老丈怎和城內爲富不仁的鹽商闞大堆同名？」老翁陪笑答道：

「老夫取此名時，他尚未出生呢！不過清者自清，濁者自濁，倒有何妨？」

鄭板橋覺得老丈的話，也有道理，遂在畫上一一落款，告辭而出。

不料十日之後，揚州城內那個暴發戶鹽商闞大堆，聲言有珍貴字畫展示，大宴賓客，凡是有名氣的書畫家和地方士紳，都接到了請柬，同時在柬後附筆：

「務必光臨，一開眼界！」

鄭板橋自竹林內吃狗肉回來，心裡已開始嘀咕：

「天下那有那麼巧的事，老丈偏偏與暴發戶鹽商同名？莫非是著了人家的道兒？」

不過他不願意相信這是事實；如今接到了鹽商闞大堆的請柬，已不容許他再欺騙自己，心中十分懊惱。不過爲了做最後的查證，他還是準時去闞家赴宴，一進廳堂，果然發現壁間所懸，正是他酒後爲撫琴老人畫的幾幅新作，想不到一頓廉價的狗肉誘餌，居然中了別人的圈套。因此氣憤填膺的鄭板橋，只能怪自己貪吃，主動獻畫，授人口實，此刻自然不便追究，無可奈何的快快不樂掉頭而去。

**【大師解頤】**

文中闞大堆巧用計謀而得鄭板橋之畫，寫作時若能多方佈局，文章的可看性自然高！

## 材料

俗謂：「巧婦難爲無米之炊。」寫文章亦然，亦須有足夠的材料可供運用，方能寫成美文。「材料」指的是文章中所要描述的「對象」稱之。**傳統上將文章中出現的材料歸納爲「人」、「事」、「時」、「地」、「物」五類。**

寫作時必須選用作者自己熟悉的日常生活事物或過去學習的經驗，來建立材料詞彙矩陣，並且將材料作好合理分類，這樣才容易發揮。否則會流於敘述內容空泛或不切實際的毛病。至於材料哪裡來呢？如何整理保存作文材料呢？以下提供一些原則：

### 一、材料哪裡來？

1、培養觀察力

「巧婦難爲無米之炊」，心中沒有素材，筆下便寫不出言之有物的文章。搜集作文素材最重要的是要有敏銳的觀察力。敏銳的觀察力就是古人說的「善感」，就是善於感知的意思。同一事物，別人見了沒有感覺，我們卻別有所感，那麼我們的文章當然與眾不同。簡單地說，要培養敏銳的觀察力，就是要「再看看、再聽聽、再聞聞、再嘗嘗、再摸摸，然後再想想」。

用不一樣的心情、透過不一樣的眼光、看事物不一樣的角度，而且多看幾回、多看一些，自然可以觀察到別人觀察不到的地方。像一樣的太陽，有人作文時說是光球、有人說是光輪，有人說是熱情之源，有人說是太陽神金黃的馬車，有人說是金馬，描述各自不同，這便是觀察力的發揮。

2、觀察什麼？

我們有了敏銳的觀察力，那麼要觀察什麼呢？

（1）多閱讀書報雜誌

我們可以把觀察力發揮在閱讀書報雜誌上。書籍是人類智慧的結晶，而讀書是我們獲得知識最便捷的方法。我們不可能既是總統，又是歌星，又是太空人，又是登山家，又是大廚師，又是大學教授。但是我們藉念書卻可以分享這些人的經驗。可以說書是增進知識、搜集作文材料的「大補帖」。除了書籍，我們應該多讀報紙、雜誌、多接觸各種電子媒體，以便吸收最新資訊、了解時事新聞，免得落伍。「秀才不出門，能知天下事。」靠的就是報紙、雜誌、電視、廣播、網路等等媒體。

(2)多體驗生活

「讀萬卷書，行萬里路。」書中知識無法涵括人類所有的知識，而且書中的經驗畢竟不是我們親身經驗。除了閱讀，我們應該深刻體驗生活。如果渾渾噩噩地過活，我們就無法在日常生活中搜集到作文材料。一樣的校園，同學提筆描述，有人只想到「學校好大、人好多」，有人卻觀察到教室的建築、花園中的花草、校門旁的大樹下圍牆上的麻雀、小池中的游魚……很多東西。對不用心的人，這些都是視而不見的。既然視而不見，當然言之無物。我們的家庭生活、學校生活、休閒生活、工作生活都是作文大好素材，只看我們的眼光。

## 二、如何整理保存作文材料？

1、看書要畫重點

看書報時最好準備紅筆，把重點標畫出來。用紅筆標畫出重點，一來可以使自己閱讀時更專心，二來可以幫助自己了解作者主旨大意，三來我們日後複習、檢索也比較方便。如果不標畫出重點，一段時日，忘得差不多，辛苦念過的書又變成「新書」了，作文材料也流失了。

2、寫下主旨大意和讀後心得

閱讀時可以隨手把整理出來的主旨大意和讀後心得寫在書頁空白處、扉頁上、紙條上或是筆記本上。如果不順手寫下，辛苦整理出來的資料或許就稍縱即逝了。

3、準備筆記本

我們最好準備筆記本。筆記本用處多多，對搜集作文材料很有幫助。我們可以在筆記本上寫主旨大意及讀後感，可以抄錄要背誦的多言雋語，可以抄錄生難字詞，可以把我們的錯別字整理出來。這些資料寫在筆記本上比較方便日後檢索，資料比較不會散失，也比較方便攜帶背誦。

4、寫日記

寫日記除了可以練習文筆，還可以幫助我們搜集作文材料。平日讀書心得還有一些日常生活的點點滴滴，都可以寫在日記裏。他日這些資料可以化作一篇作文。如果沒時間每天寫日記，也可以變通，寫週記或是不定期的札記，也可以利用一日一頁的行事曆或是一週一頁的週曆。

5、剪貼

我們可以準備剪貼簿，把從報章雜誌上讀到的好文章剪下保存。書中的文章也可以影印保存一旁還可以寫上我們整理的心得、大意。

6、背誦

特別喜愛或特別重要的文章，我們最好背下來。我們可以抄錄在便於攜帶的小紙片或筆記本上，隨身帶著，有空時便背誦。背誦功夫少不得。考試、比賽時無法攜帶參考書籍進入試場，平日讀得再多絕妙好文卻不背誦，仍等於是一片空白。（韓誠的作文天地）

另外，我們蒐集好作文材料時，應該注意些什麼呢？林明進老師提出以下幾點：

第一、材料要有代表性：

是指選取的材料要具有典型意義，這樣才能發揮文章的說服力和表現力，引起別人的共鳴。典型的材料，就是能把握人們共通的經驗、情感，這樣才能建立合情合理的內容。

第二、材料要有新鮮感：

大自然不是缺少美，而是缺少發現。同樣的，在我們生活中並不缺乏新穎的材料，而是缺乏捕捉的能力。創造新穎的材料，需要匠心獨運，慧眼獨具。北方有句土話：「不吃別人嚼過的饃」，就是這個意思。

第三、宜選自己熟悉的材料：

選定自己熟悉材料來寫，即使不能創造佳作，至少也會寫出像樣的作品。材料熟悉，寫起文章來就得心應手，很多小朋友會誤以為材料越奇特越好，放棄自己熟悉的東西不寫而去寫不熟悉的材料，結果往往吃力不討好。所以，在生活中選取熟悉的材料，比較容易寫出感人出色的作品。關於選材的方式，介紹以下幾種技巧，提供參考：

（一）嚴格篩選法：

搜尋到材料，不能照單全收，要認真進行取捨，不能糊里糊塗的以為「撿到籃裡就是菜」。篩選的原則就是扣緊主題，與文章中心思想關係不密切的，就要剪裁乾淨。老掉牙的、稀奇古怪的、庸俗沒意義的材料要仔細地的篩選。如：「影響我最深的一位師長」，正面的材料——生活樸實、教學認真、以身作則、學問淵博、講課生動、默默耕耘，這些角度的具體材料就可選用；負面的材料——偏心、好鬥、口無遮攔、愛管閒事、遲到早退、獨來獨往、打罵無情等具體材料就應避免選用。

（二）以少勝多法：

就是處理材料時，要選取最具有典型意義的材料，以收到以一當百的效果。「以少勝多」，所強調的「少」，並不是不分青紅皂白地大量刪減材料，而是扣緊最能與文章結合的材料。記敘文就要選取最精彩的片段或者最重要的人物、最突出的事件、最新鮮的經歷等，而捨去一般性的題材，文章就會顯得精彩、扼要、突出、鮮明。如：「升學的難題」，可以選取一家人共進晚餐的場景作為敘述的重點。內容扣緊面對升學主義的困惑，在現實與理想、興趣與別人眼光的種種矛盾中，凸顯家庭、學校、社會的問題，將困擾許多家庭升學的難題，拉到社會人生的層面來進行評論，或者呈現無奈、感傷等，都是很好的材料。

（三）由舊翻新法：

是指以打破傳統的思考模式，將大家已經習以為常的人、事、物中「翻」出新的意思來；或者從老的故事題材中，進行再創造，使文章產生創新的材料。如：「耕耘與收穫」，一般小朋友都會在「一分耕耘，一分收穫」或者「要怎麼收穫，先怎麼栽」上打轉，大家都這麼寫，就千篇一律，了無新意了。如果我們換個新思維：「一分耕耘，不見得有一分收穫；一分收穫，卻絕對來自一分的耕耘。」就比一般的說法更深入、更新穎、更有說服力。從這個角度再去搜尋選材，強調「一分耕耘卻沒有一分收穫」，可能是耕耘的方式、時間、技巧、智慧不對或不夠等，以多角度的建立論點找具體的材料，就能翻出新意而引人注意了。

（四）詳略處理法：

就是針對所選定的材料，配合主題的要求，作適當的安排。可以作為文章的主要材料的，我們就採取「詳寫」；只能作為內容的次要材料的，我們就採取「略寫」。如：「參觀人體器官展」，可以先略寫展覽館的概貌，然後詳細刻畫參觀人體器官展的具體記敘與感受，展覽物件中還可以再根據主要和次要的材料，又分詳寫和略寫，輕重有別的展開文章的變化。以下透過一些引人興味的小故事來呈顯寫作選材的重要性吧！

※沒血沒肉

小華一心想當個作家，可是爸爸老是說他習作中的人物「沒血沒肉」。他聽了以後便在文章中補寫：

「他身材豐滿，體重六十八公斤，上半年捐了四次血。」

**【大師解頤】**

作文要言之有物：所謂「有血有肉」指的是文章內容的充實，而不只是寫出「血」和「肉」而已。

※習俗

有一次，一位校長演講，當他談到人類生活習俗的差異時，說過這麼一個例子：

美國人掃墓時，只供上鮮花一束，而中國人總是雞鴨魚肉準備一大堆吃的，於是一個美國人便嘲弄的問一個中國人：

「你們準備了這麼多東西，墓裡的人什麼時候出來吃啊？」

中國人於是回答說：

「當你們墓裡的人出來賞花的時候，我們的人就出來吃了。」

【大師解頤】在寫作時，說明觀點的材料應該是新鮮的，才能讓人耳目一新，並有新的啟發。

※專心聽講

某老師上課，發現有些同學精神不集中，在說悄悄話。老師把課停下來，以莊重的表情說：

「同學們請注意，我現在給大家宣布一個重大的研究成果，根據科學研究，低語比噪音對人體的傷害更加嚴重，請同學不要傷害我，讓我多教幾年書好嗎？」

聽到這裡，同學們都笑了，那幾個說悄悄話的同學也不說話了，專心聽講了。

【大師解頤】學生在上課時低語說話是常見的現象，而老師以這則新聞用幽默的辦法引導同學們。這個新鮮的材料，學生前所未聞，因此興趣很快地被引了出來，進而愉快地接受了。同樣的，如果在寫作文時用新鮮有趣的材料，文章便更具說服力、感染力。

※寫日記

俄國著名的作家托爾斯泰從十九歲開始就養成的寫日記的習慣。他的日記有三個方面的內容：（1）檢查學習計劃的執行情況；（2）整理一天從生活中得來的感想；（3）紀錄所接觸人的舉動、感想。

他早年的短篇小說《昨天的事》就是從日記裡脫胎出來的，日記伴隨著作家度過一生，他共寫了五十一年的日記，這個習慣一直堅持到他逝世的前四天。

**【大師解頤】**

要學好寫作，必須儲材。「材」包括書本和生活的知識。對於創作來說，掌握生活知識尤其重要。儲材是寫好文章的基礎，那麼要怎樣進行儲材呢？名家成功的經驗證明寫日記是積累生活素材的好方法，魯迅和托爾斯泰都寫了一輩子的日記。古人說：「臨淵羨魚，不如退而結網。」累積生活中感悟的知識經驗，寫作的靈感自然源源不絕。

※吃喝幹部

有個幹部在夜總會瘋狂了一個晚上回到家裡，酩酊大醉，想嘔吐，開了門就往洗手間跑。夫人見先生總不出來，便走進洗手間探問究竟，只見丈夫頭慢慢抬起來，醉眼矇矓的看了一眼，揮揮手說：

「我不是給你小費了嗎？走開！」

夫人很生氣，站著不動，先生再抬頭定睛看了一眼竟說：

「小姐，你怎麼這麼面熟呀？」

夫人很生氣轉身就往外走，順手狠狠的關門。「砰」一聲使丈夫怔了一下，他馬上反應的擺擺手說：「司機，開車！」

另一位長官赴宴，常收到贈送的餐巾。夫人突發奇想，將這些餐巾縫成一套內衣褲，有一天長官吃完飯回家，看見夫人穿的餐巾衫，胸前有一行字：

「歡迎惠顧。」

丈夫心裡很不是滋味，沒想到太太一轉身，出現更醒目的一行字：

「歡迎下次再來。」

【大師解頤】

選材應該力求具有典型性。所謂典型性就是所寫的人或事具有一定的代表性或個性特徵，兩者缺一不可。光有代表性會讓人覺得老套，如公車上讓座或拾金不昧的例子，就失去了新鮮感。

反之，如果光有個性而缺乏代表性也不行，如教師用罰款的方式處罰學生。典型的人或事，應是共性和個性的統一。像上兩則的笑話，所寫的人和事就是典型的。因為在社會上有許多在上位者吃喝玩樂蔚為風氣，所以以他們為主的笑話就很有代表性。

※愛默生

愛默生是十九世紀美國重要的哲學家，因爲他在塑造美國人實事求是、信賴自己、勤奮積極等民族特徵方面，居功厥偉，所以被林肯總統尊稱爲「美國信仰的先知」。他的學說主要可歸納爲三大項：

一、體認人生至樂。二、尊重個人。三、多欣賞大自然之美。

愛默生覺得人類跟大自然之間存在著一種精神上的對應關係。快樂之道在於求得生活和諧，而接近大自然，多欣賞山川草木等大自然之美，就能獲致生活的和諧。他確信多欣賞大自然之美，會使人求真、向善。

【大師解頤】

在培養寫作能力上，我們必須懂得觀察事物並且擅於從自然中取材。自然界中，廣闊的蒼穹、渺渺的大地、輕煙、白雲、晨風、細雨、晴嵐……等，這些無一不可作為開拓思想、抒發性靈的材料。

大自然是一本豐富的「無字天書」，它蘊含了無數的生機與奧妙。所謂「萬物靜觀皆自得」，學生應該透過觸發的功夫不斷尋覓、不斷發掘，對於宇宙各種森然羅列的各種現象多做品味，多加思索聯想，如此便能探知隱含於景物背後的綺麗世界，這時所產生的任何靈感皆可入題成文。

※縮寫

老師要求同學把一篇一千五百字的文章縮寫成五百字，小華很快就把作業交了。老師看了問他：「你是怎麼搞的，四十五米高的建築物寫成了十五米，六輛汽車寫成了兩輛，三個人寫成了一個？」

**「我可是嚴格按比例縮寫的呀！」**小華答道。

【大師解頤】

這是在指導學生運用縮寫時可以利用的材料，縮寫屬於作文命題的新題型，學生往往不得其要領，常常學生在寫縮寫文章時，往往只是斷章取義選用部分段落，或摘錄一些句子。單純的選段摘句，文章難免支離破碎，中心思想也因此滯塞不明，其實，縮寫要進行的是文章組織的「精簡」、「再造」，因此縮寫除了要特別注意結構的完整外，更應該在表達方式上力求做到綜合、概括、自然、流暢。

【學習天地】

縮寫：

定義：在不改變原文基本內容和中心思想的條件下，把一篇較長的文章，按照一定的要求，緊縮成一篇較短的文章。

縮寫方法一：

1. **抓主幹，去枝葉**：抓主幹，就是抓住原文的中心思想和主要內容；去枝葉，就是盡量刪去那些次要的敘述、描寫和交代。

2. **留主句，去例證**：議論文中，常常採用主句立論，舉例佐證的方法。主句是文章的骨架，主要的內容，不可缺少；例證往往是輔助的，次要的部分，可以用概括的句子予以壓縮表達。

縮寫方法二：

引用，改為轉述：有些文章為了豐富內容，常常引用一些可信的數據、深刻的典故、名人的嘉言，在縮寫時，可以將這些引用的部分改為轉述，以縮短篇幅。

縮寫方法三：

對話，改為敘述：把原文中直接對話改為間接敘述，但必須保留對話中的主要內容。

縮寫方法四：

描寫，改為敘述：描寫，主要是對客觀事物作描繪和刻畫，它追求的是生動、形象；敘述，著重在對客觀事物的介紹和說明，它追求的是清楚、暢達。將客觀事物的細部描寫，諸如外貌、動作、心理等內容，改為概括性的文字敘述，必須注意保留原文中的基本要素，如事物發生的時間、地點、人物，以及情節等，都不能任意改變。

縮寫範例：

將下列段落，縮寫成一百字以內的短文（含標點符號），須符合原文意涵。

原文：

人主在創業時需要人才，若不重用人才，有「明顯而立即的危險」。成功後需要使用奴才，他也知奴才是個負數，但是他已經不怕虧損，他估量負擔得起。與人才相處是很累的，與小人奴才相處則輕鬆愉快。人主需奴才如需情婦，如需名犬，如需熱水浴加按摩。

人才建功立業時的形象對人主構成壓力，所以功臣自全之道是在適當時機自動變為奴才。

就說韓信罷，劉問他：「你看我能指揮多少軍隊？」劉邦那時已經懷疑韓信了，韓信縛在車後——就像在古裝電影裡常常出現的鏡頭，繩子的這一頭綁著他的手，繩子的另一頭拴在車後，像牽著一頭畜生，——大大的羞辱過了，他忽然向韓信提出這個奇怪的問題，韓信應該看出他的心態，他是向韓信表示「我現在需要奴才了。」韓信不察，居然說劉邦只能指揮十萬人。「那麼你能指揮多少人？」劉邦再問。他居然說「越多越好！」從這時起，他死定了。（王鼎鈞《功臣與奴才》）

範例一：

人主在創業時需要人才，成功後需要奴才，因為奴才不怕虧損、折磨。和人才相處是累的，但和奴才相處則輕鬆愉快，就如人主需要名犬一樣。人才建功時會對人構成壓力，因此自全之道是適時變為奴才。以韓信來說，劉邦當時已經懷疑他了，但他還不自覺，所以他死定了。

範例二：

功臣和奴才只在人主的念之間。創業成功之際，人主往往會希望自己沒任何負擔及壓力，所以他選擇會服從他命令的奴才，來取代會剝奪他成功利益的功臣。以韓信為例，劉邦怕他功高震主，對劉邦造成威脅，所以劉邦最後要韓信死。

※ 地震與颱風

聽到兩個「幼稚園」小朋友在談話。

甲：「我知道世界上地震最多的地方是那裡？」

乙：「在那裡？」

甲：「在『瑞士』只要有地震，新聞報導都會說：瑞士（芮氏）有幾級。」

乙：「我也知道世界上颱風最多的地方是那裡？」

甲：「是台灣嗎？」

乙：「不是，在日本，每次颱風要來，新聞報導都會說颱風在『東京』（東經）多少度的地方吹過來。」

**【大師解頤】**

**作文材料也包括資料的引用，不確定的或錯誤的資料不要用，否則會鬧出笑話。**

## 觀察力

寫作時，作者需有敏銳的觀察能力，才能從原本不起眼的材料中，發掘許多耐人尋味的意涵，進而呈現在讀者面前。而何謂「觀察力」呢？林明進老師認爲「觀察力」可分爲二種：

一、有意觀察：「有意觀察」，就是有目的地針對某一事物進行觀察。它常常是根據作文的要求，事先確定觀察的對象、觀察的目的、擬好觀察大綱，並帶好觀察筆記本。然後根據觀察的目的，有重點、有步驟地進行觀察，並且隨時做好觀察的記錄。這種有意觀察，由於是有目的的，觀察的對象明確，觀察者的注意力也高度集中，因而觀察的效果最佳。就培養寫作力而言，觀察力是一個最好的開始，也是最具體的開始。

二、無意觀察：「無意觀察」，是平時在日常生活中的觀察。這種觀察沒有明確的目的，碰到什麼就觀察什麼，有時甚至是對什麼感興趣就觀察什麼。這就要求我們做生活中的有心人，隨時留心觀察身邊的人物和事物，培養敏銳的觀察力。有意觀察打好基礎，無意觀察就形成一種能力。一個好演員，看了劇本就領會八九分。馬上能上場，就因爲他每天打開眼睛都在觀察。那麼觀察的基本要求爲何呢？林明進老師認爲：

**（一）觀察要遵循順序：**

觀察點是我們觀察事物的立足點，有固定的，也有移動的。要有遵循順序的概念。

（1）「**固定的**」：就是站在一個地方，按一定的順序進行觀察。如由遠及近，或由近及遠；從左到右，或從右到左；從裡到外，或從外到裡；從上到下，或從下到上；從整體到部分，或從部分到整體等等。如果不按照一定的順序觀察，那麼寫出的文章就很可能犯了雜亂無章的毛病。以觀察「小貓咪」爲例：

這隻小貓咪有長長的鬍子，渾身上下長著白的毛，圓圓的眼睛烏黑發亮，彎彎的小尾巴一翹一翹的，紅紅的小嘴，雪白的牙齒，像是在對著人笑。在陽光的照耀下，小貓咪的眼睛瞇成了一條縫，身上閃著銀光。這篇有關小貓咪的片段寫作，就沒有寫作順序的觀念。視覺的文字描寫不錯，但是順序錯亂破壞了文章的美感。他先寫貓的鬍子，再寫身上的毛，然後寫眼睛，接著寫尾巴，緊接著回過頭來寫嘴巴和牙齒，最後又寫貓咪的瞇瞇眼。短短的一段話帶給人顛三倒四的感覺，寫得沒有條理，問題就出在觀察沒有遵循順序。

（2）「**移動的**」：是另一種觀察，由於不斷的移動，觀察的景物就「景隨步移」，因此，記敘描寫時應隨時把觀察點交代清楚。以「逛臺北一〇一」為例：

在記敘時就要交代你是在什麼地方看到的景物，接著以在廣場上……我搭上了電梯……我走進了購物中心……在頂樓我看到了什麼……，把觀察點寫清楚了，「景物」隨著您的步伐的移動而「不斷變化」，別人就不會感到雜亂無章了。

### （二）觀察要全面精細：

除了要把事物組成的各部分做精細的觀察，還要全面觀察事物發展變化的各個階段，這樣，寫出來的文章才會生動具體。我們教學生觀察一個物體，不妨從身邊找材料。以「十元硬幣」為例：逐一分解開來，一部分一部分地看，就能看得很仔細、很全面，描述起來就很具體、很生動，就不會空洞乾癟了，這就叫做全面精細的觀察。也許您會問，那要如何做全面精細的觀察呢？

**（1）要觀察事物的全部過程：**

任何事物的生長發育、發展變化都有一個過程，我們想指導學生全面地觀察事物，就要觀察它生長發育或發展變化的全部過程。如觀察動植物的生長過程、觀察景物的四季變化或早晚變化、觀察一個人思想的轉變、觀察一件事或一種現象的起因、經過和結果。以「登阿里山觀日出」爲例：要求學生觀察日出前、日出時、日出後的不同景色。重點是觀察日出時的情形。

**（2）要從多方面去觀察：**

事物總是多側面的、多角度的。

例如：觀察「太陽」：清晨剛冒出地平線的太陽是金色的，早晨的太陽是紅色的，中午的太陽不可正視，陽光則是白色的，黃昏時的落日則是橘黃色的。

**（3）觀察事物之間的關係：**

任何事物都不是偶然的，即使是偶然發生的事件，也有它內在的必然因素；也就是說，任何事物的發生、發展、變化都不是無緣無故的，都有它的前因後果。任何事物也不是孤立的，它的存在與周圍的事物、環境密切相關，所以觀察一種事物，還要注意觀察它的周邊關係，注意觀察周圍的環境。

例如：若要寫南海學園的相關文章，就必須了解植物園的相關位置：二級古蹟布政使司衙門、植物園標本館、國立歷史博物館、教育資料館、教育廣播電臺、藝術館，還有建中、國語實小、農委會等等。

**（4）要有重點地觀察：**

觀察事物要全面，但不能平均分配，還必須有重點地觀察，這樣作文時才能凸出事物的特點，帶給人深刻的印象。那又要怎樣有重點地觀察呢？

ㄅ根據觀察的目的確定觀察重點：

例如：觀察「果菜市場」：（萬大路果菜市場）如果目的是要觀察市場的供應情況（颱風天），那就要以蔬果產品作爲重點，看產品是否豐富？品種是否多樣？貨色是否新鮮？品質是否優良？市場是否活絡？如果目的是觀察買賣是否公平？（三星蔥・林邊蓮霧）經營是否誠信？那就要著重觀察商家的經營態度？經營的品質？經營的作風？看他們是否橫行霸道？是否哄抬物價？是否短少斤兩？是否童叟無欺？是否灌水做假等等。

ㄆ根據觀察對象確定觀察重點：

不同的事物有不同的特點，觀察時應根據事物的特點來確定觀察重點。例如：同樣是樹：「松樹」的特點是「挺拔→傲岸剛勁」；「柳樹」的特點是「柔細→婀娜多姿」，這麼看，那麼「松樹」的觀察重點是「樹幹」；「柳樹」的觀察重點則是「枝葉」。

ㄇ在全面觀察的基礎上進行重點觀察：

很多事物的特點，並不是在觀察前就能確定的，它往往必須透過全面觀察，才得以認識清楚。因此，必須在全面觀察的基礎上，深入地對最具有特色的部分或方面進行重點觀察。例如：觀察「爬山虎」（蔓藤類）時，我們會先看到「爬山虎」生長的地方，再看到「爬山虎」的葉子，等到又發現了「爬山虎」的莖上有「腳」，最後將「腳」做爲重點來觀察，看它是怎麼生長的、怎麼爬的，最後觀察腳的變化和作用。

ㄈ抓住重點深入觀察：

觀察重點確定以後，就要對重點部分進行深入細緻的觀察，確實掌握事物的特點。以〈三星鄉的上將梨〉爲例：觀察上將梨自然要以「梨」的果實做爲重點，從它的形狀、色澤、滋味幾方面進行細緻的觀察。

**（三）觀察要抓住特點：**

什麼叫做特點呢？簡單的說，就是這個事物具有而其他事物不具有的東西。世界上的事物千差萬別，只有掌握了事物的特點，才能真正認識事物，也才能把事物的真實面貌反映出來。

以觀察「烏龜翻身」爲例：牠先是伸出頭頸朝地上一頂，四肢一划，然後硬殼一弓，身子就翻過來了。烏龜翻身的樣子，這便是牠的特點，只有觀察時抓住了特點，作文時才能寫得逼真。

### （四）觀察要五官並用

要使觀察深入，不但要用眼睛看，還要耳、鼻、舌、口、身並用。請看下面這篇短文：

媽媽端著一小盤花生米走進廚房。花生米那一個個小小的橢圓形的身上，穿著粉紅色的外衣。媽媽把它們一股腦兒倒進了滾燙的油鍋裡，鍋裡便劈劈啪啪地響了起來，不時還有幾個「調皮鬼」蹦蹦跳跳的。媽媽將鏟子不停地翻炒著，不一會兒，花生米那粉紅色的外衣變成了紅色的油外套，並且發出「吱吱」的響聲。這時媽媽把它們鏟到盤中，又往上面撒了一些玉屑似的精鹽，一股香味直衝鼻孔，真讓人垂涎欲滴，咬一口真叫脆，吃一粒滿口香。轉眼間，一盤花生米被我一掃而光。

作者爲什麼能把花生米描寫得如此生動？因爲他運用了自己的眼耳鼻舌口手足等各種器官，進行了綜合觀察。（觀察力與寫作的潛能開發林明進）

綜上所述，我們對於觀察力的部分應有了基本的概念，以下我們不妨透過一些有趣的笑話、故事來加深印象吧！

※讓坐

有個精力旺盛的老婆婆去搭公車。上了公車，一個彬彬有禮的童子軍起身讓位給老婆婆，老婆婆說：

「你坐好，我還很年輕，不需要你讓坐給我的！」

過了一會兒童子軍又站了起來，老婆婆拍拍他的肩膀，說：

「沒有關係的啦，你不用讓給我坐，我沒那麼老，我還年輕呀！」

就這樣經過兩、三、四次後，童子軍哭了！童子軍哭著說：

「老婆婆，我家已經過了好幾站了，妳爲什麼不讓我回家！」

【大師解頤】

觀察應明確具體，不使人誤會：寫作的材料來自觀察，因此一個寫作者平日便應多觀察人，觀察出每一個人的肢體行為代表的釋義。這樣才不致寫出內容空洞無實而無感情的文章。

※足球賽

學校舉辦足球賽，老師要求學生把比賽的場面描寫出來。同學們都很認真的寫，只有小明胸有成竹的在作文本子上刷刷的寫了一下，就交上來了。老師打開本子一看，上面寫了十三個字：

**「比賽激烈的連作者都無法形容。」**

【大師解頤】
觀察要入微：觀察若能愈細微，則寫出來的文章也才能精彩感人，不致像笑話中的小明一樣，毫無東西可寫。

※補鞋

有一天，一個女人拿了一雙鞋子去修補，她對鞋匠說：
「請你給我換皮底的，後跟要結實點的，還有……」
下午，那女人去取鞋子時，鞋匠說：
「你先生的這雙鞋，保養得很好。」
「您怎麼知道是我先生的鞋？說不定是我爸爸，或者我哥哥的……」
**「你爸爸不會穿這種樣式的鞋，果是你哥哥的，你不會這麼盡心。」**

【大師解頤】
作文要寫得真實細膩，就必須鍛鍊自己的觀察力。在此故事中，鞋匠的觀察力可說是做到了眼到心到。他既觀其行又聽其言，而得到最後的結論。因此寫作者對周圍人事物的觀察有如鞋匠那樣的細微深入，筆下的人事物才會真實、具體。

※具體和抽象

小華在寫作時，有個問題弄不清楚，就去問媽媽。
小華：「什麼叫『具體』？」

媽媽：「『具體』就是看得見，摸得著。」
小華：「什麼是『抽象』？」
媽媽：「『抽象』就是看不見，摸不著。」
小華覺得很有心得，馬上在作文簿上寫了一段話：
「今天早上起來，看見我具體的媽媽，在燒具體的飯。我打開具體的窗戶，深深的呼吸了抽象的新鮮的空氣……」

**【大師解頤】**

寫作時，不論寫人或記事，都應具體，因此須多方面觀察，觀察細微了，筆下所描寫的事物就隨之具體。

※莫泊桑拜師

在法國文壇上剛嶄露頭角的莫泊桑，有一次到鄉下去看福樓拜。在閒談中，他順便把準備寫短篇小說的幾個故事講給福樓拜聽，福樓拜聽了以後，告訴他現在不應該急著把這些故事寫出來，更不應該忙著把他們送去發表。應該馬上做的是：騎馬到外面去轉一圈，把路上看見的一切記在心裡，回來時，再把看到的東西寫下來。莫泊桑照福樓拜說的話去做了，這時候他才知道自己還沒有學會用眼睛去觀察生活，觀察人，而不先學會觀察，是不能做爲一個藝術家的。

【大師解頤】

正如文中福樓拜所言，一位優秀的作家應是先學會觀察，體會週遭的人事物，累積一定的創作能量之後，才能描寫得深刻、動人。

【學習天地】

【古今人物介紹】

莫泊桑：居伊．德．莫泊桑（GuydeMaupassant，一八五〇年八月五日—一八九三年七月六日），法國作家。莫泊桑的母親是福樓拜的朋友，而且對經典作品如莎士比亞的戲劇感興趣。十三歲前莫泊桑一直和母親一起生活，他喜歡室外運動，尤其是釣魚，並且深愛著自己的母親。他曾進入過教會學校，卻故意讓學校開除他，對宗教的敵意伴隨了他的一生。隨後他去里昂上高中，在這裡他表現出對詩歌和戲劇的濃厚興趣。

一八七〇年莫泊桑畢業後不久，普法戰爭爆發，他志願入伍，作戰勇敢。戰後，他離開諾曼第前往巴黎，在海軍部門作了十年的公務員。在這十年單調生活中，他唯一的娛樂就是周日在塞納河上划船和假期。福樓拜指導莫泊桑的文學創作。在福樓拜家裡，莫泊桑遇到了屠格涅夫、左拉和都德等人。隨著短篇小說的發表和與名作家交流，莫泊桑名氣日隆。

一八八〇年莫泊桑轉到公共教育部門任職，並擔任一些有影響力刊物的編輯。他利用空閒時間繼續創作短篇小說，完成了傑作《羊脂球》，獲得巨大成功。福樓拜稱之為「可以流傳於世的傑作」，於一八八〇年收錄於《梅塘夜譚》。一八八

○—一八九一年是莫泊桑的高產期。一八八一年他發表了第一卷短篇小說集，兩年之內就重印了十二版。一八八三年他發表了自己的第一部長篇小說《一生》。莫泊桑時常出國旅遊尋找靈感。他因寫作而名利雙收，出入巴黎的上流社會，卻縱情聲色、流連風月，後來染上梅毒。

莫泊桑喜歡隱居，孤獨與沉思。他常常獨自前往各地旅行。同時他也保持著和其他作家比如大仲馬和泰納的聯繫。福樓拜也繼續關心著他的文學創作。他和龔古爾兄弟也有過短暫的交往，但是由於對他們的空談的風格不滿，他中斷了和他們的交往。

在一八九一年之後，莫泊桑越發喜歡孤獨的生活。最後他精神失常，經常擔心死亡與被迫害，加之他早年得上的梅毒，他感到非常痛苦，曾經試圖自殺。一八九三年併發精神病症，七月六日逝世於巴塞精神病院，終年四十三歲。

福樓拜：古斯塔夫．福樓拜（法語：GustaveFlaubert，一八二一年十二月十二日—一八八〇年五月八日），法國現實主義作家。福樓拜出生於法國西北部諾曼第地區的盧昂，父親是當地市立醫院的院長，頗有名望，深受當地居民的愛戴。小時候的福樓拜常和妹妹一起爬到窗簾上偷看停放在醫院裡的屍體，使得幼年的福樓拜對許多事都看得很淡。他在中學期間認識了美麗的少婦愛麗莎，而這份愛戀一開始便註定沒有結果，福樓拜這份情感轉移至他的小說《情感教育》。後來他認識了女作家路易絲．柯蕾，倆人很有默契的維持著男女關係，一八五二年十二月給路易絲．柯蕾的信中提到：「作者在其作品中，應該猶如宇宙間的上帝，他無所不在，但又無跡可尋。」

一八五六年他的大作《包法利夫人》在《巴黎雜誌》上連載，因內容太過敏感而被指控為淫穢之作，詩人拉馬丁告訴他，「在法國沒有一個法庭能定你的罪」。果然後來經法院審判無罪，開始聲名大噪。

《包法利夫人》被視為是「新藝術的法典」，一部「最完美的小說」，書中主角愛瑪是一位農莊的女孩，美麗但不文靜，在成為包法利夫人後，沉浸在追求炙熱愛情的美夢中，忽略了丈夫和新生的孩子，最後被社會所欺騙，被情人所拋棄。

福樓拜透過無數的繁瑣細節描寫包法利夫人的心理狀態，他對作品完美的要求近乎吹毛求疵，一千八百頁正反兩面寫滿的《包法利夫人》草稿刪節到最後只剩下不到五百頁，他視文字、文學創作為生命，作品中的每一章、每一節，甚至是每一句、每一字，極盡可能的反覆修改，優美的文字呈現出嘔心瀝血的結果，他認為「一句好的散文應該同一句好詩一樣，是不可改動的，是同樣有節奏，同樣響亮的。」

福樓拜描寫女主角愛瑪服毒自殺，為具體了解砷中毒的症狀，竟認真去研究醫學專著，他感到自己好像也中了毒。他認為，寫文章要盡量做到像科學那樣客觀嚴謹，描寫人物要像定義標本一樣。在法國文學史上他上承寫實主義，其創作理念極大的影響了左拉以後的自然主義作家。

一八六七年寫出歷史小說《薩朗波》，以古代非洲奴隸國家僱傭軍隊起義為背景，描寫起義軍首領馬多和迦太基姑娘薩朗波的戀愛。

福樓拜終身未婚，但風流成性，經常流連於風月場所。一八八〇年五月八日福樓拜準備巴黎之行，他突覺得暈眩，醫生到達前已死於中風（一說是梅毒併發症），艾德蒙·勒都（EdmondLedoux）說福樓拜是在浴室上吊自殺。他長眠於盧昂，有三百人參加福樓拜的葬禮，由於墓地太小，一時竟無法將棺材放進去，此事見諸於《龔固爾日記》。（維基百科）

※觀察

有一天，徽宗發現宣和殿前面所種的荔枝，結實纍纍，且有孔雀在下，張開屏尾，豔麗奪目；他一時高興，召集畫院的畫家們到場寫生。畫家們各盡所能，運用靈思妙筆，畫出一幅幅華彩絢麗的作品，經評選爲最優的一幅，呈給徽宗御覽，不料他卻搖搖頭說：

「這幅畫有失真之處。」

在場的畫家們聽了，無不愕然面面相覷，不明白皇上所指錯誤何在，亦不敢輕易動問。徽宗離去之前，又說：

「你們再仔細觀察孔雀的生活習性就明白了。」

過了幾天，徽宗又召畫家們來，詢問是否已發現畫中的錯誤？畫家們仍然不知所以。徽宗只好明說：

「孔雀升高，必先舉左腳，那幅畫中，卻是先舉右腳，失諸觀察，所以失真啊！」

畫家們這才惶愧的驚服皇上對物狀瞭解的功夫，眾所不及。

【學習天地】

【古今人物介紹】

宋徽宗：宋徽宗趙佶（一〇八二年十一月二日—一一三五年六月四日），宋神宗十一子，是中國宋朝第八位皇帝，也同時具有相當高的藝術造詣。他兄長宋哲宗無子，死後傳位於他，在位二十五年（一一〇〇年二月二十三日—一一二六年一月十八日）

他自創一種書法字體被後人稱之為「瘦金書」，另外，他在書畫上的花押是一個類似拉長了的「天」字，據說象徵「天下一人」。（維基百科）

※蚊子

有一天兩兄弟在睡覺，弟對兄說：「哥哥，今天蚊子好多喔！」哥說：「把燈關了，蚊子就看不到我們了，後來弟弟真的把燈關了，忽然間一隻螢火蟲飛了進來」弟弟很緊張的說：「哥，慘了！蚊子提著燈籠來找我們了！」

【大師解頤】

對事物的觀察應有足夠的知識相配合，否則就會鬧出蚊子、螢火蟲傻傻分不清楚的笑話了！

※北京的柳樹不長葉

有一個書呆子住在北京，在南京教書。他每年都在柳樹快發芽的時候從北京出發，到了南京，柳樹就已經長滿了葉兒；每年柳樹快掉葉兒的時候，他又從南京起程回家，到了北京，柳樹也就禿啦。這一年書呆子臨回家的時候跟東家說：「您家裡有好幾棵大柳樹，請您無論如何給我撅幾把柳樹枝帶回去，也叫我們北京人看看新鮮！」

東家說：「咳！柳樹最容易活，哪兒都有，北京那麼大的地方，能沒有柳樹嗎？」

書呆子說：「有是有哇，可是我們北京的柳樹比南京的柳樹差遠啦！」

【大師解頤】

培養觀察和體驗的能力（多看）是增加作文寫作能力的必備功夫。觀察要細緻，要專注，才能看清事物的真面目。如果粗心大意，漫不經心，就會視而不見，聽而不聞，就不可能對客觀事物有具體的正確的認識，並且，敘述和描寫就不可能具體、真實。

## 作法

寫作時，運用適當的邏輯作法，可使文章具說服力，條理清晰，或是製造出極大反差，產生趣味性。以下我們介紹幾種在作文中經常使用的技巧：

## 一、矛盾法

抓住雙方的衝突和反差，將不同人物或事件分別對立起來，使之構成矛盾體，在矛盾雙方的衝突和反差中獲得幽默效果。

## 二、歸謬法

歸謬法是一種「欲擒故縱」的反駁方法和推理方法。表面上似乎同意對方的觀點，實際是按對方的觀點進行推理，從而推出一個荒謬的結果，以此論證對方觀點的虛假性。歸謬法被譽爲「邏輯學上的顯微鏡」，它仿佛有一種神奇的力量，能把隱藏在幽山迷霧中的妖魔鬼怪一下子「暴露」在光天化日之下，讓人一目了然。由於歸謬法在論述命題、闡明道理的同時，常常伴隨著趣味性，幽默而不枯燥，能充分展示寫作者的巧思。從修辭的角度看，歸謬是一種藝術的表達方式。它往往妙趣橫生，意趣盎然，使讀者、聽眾在笑聲中悟出正面的道理。

## 三、對比法

### 1、正反對比

俗話說：不比不知道。對比能使我們在平凡中發現特異，在正常中發現荒誕。對比還形成了差異，造就了矛盾，如果把人生比作舞臺，對比使我們看到了不同人對自己角色的演繹，看到了同一個人在不同場景中的表演，我們在觀看演出時，常會發出會心的微笑。對比總是在人們的心理中造成一種落差，而我們往往會在這種落差中感受到幽默。

2、相關對比

所謂相關對比，是將兩個相近似的物件加以對照，從而發現出其中的趣味性、荒謬性與哲理性。

3、巧換詞序

巧換詞序也可以造成對比，因爲其方法的特殊性，我們把它獨列一節進行探討。語言的次序，往往都是按照一定的習慣排列的，但在實際生活中，常會有這種現象：說話人有時只要把原有的話語詞序調換一下，不另增添新的辭彙，就能產生出新的意義，在原有句子的映襯下，顯得造語新奇、意境深遠從而給人留下幽默的印象。在寫作中，注意運用巧換詞序這一技巧，可以使我們的言語充滿幽默感。

4、反詰法

針對對方的觀點，加以責問駁斥，在論說文的寫作中稱爲「反詰法」。這種作法是以其人之道還治其人之身，使對方陷於理屈詞窮的境地。下面我們提供一些相關的趣味小品來印證「矛盾法」、「歸謬法」以及「對比法」、「反詰法」的作用。

※ 如果天不下雨的話

一個男青年給他的女朋友寫信，信中寫道：

「親愛的，爲了你，我可以毫不猶豫地跳入深淵；爲了見到你，我會克服任何困難，星期天我準備到你那兒去，如果天不下雨的話。」

【大師解頤】
矛盾法：故事中的青年信誓旦旦地說要克服任何困難，一場雨卻能使他止步，言行不一致造成的矛盾令人捧腹。

※現代美

皮埃爾是巴黎的畫家之一，他以前衛派自居。

有一次，他在塞納河畔開了一個畫展，把自己的作品都張掛起來。有個五十多歲的婦人從旁邊走過，見了他的畫，說：

「哎喲，這畫可真有意思。眼睛朝那邊，鼻孔沖向天，嘴是三角形的呢！」

皮埃爾對老婦人說：

「歡迎你來參觀，太太。這就是我描繪的現代美。」

「哦，那太好了！小夥子，你結婚了嗎？我把長得和這張畫一模一樣的女兒嫁給你好嗎？」

【大師解頤】
矛盾法：老婦人的一句問話，使皮埃爾陷入雙重標準的窘境。這種主觀世界與客觀世界的矛盾，造成一種強烈的反差，形成一種幽默的氛圍。

※機密

在夜總會，一位舞女問中士：「你們機場有多少飛機？」

中士嚴肅地說：「難道你不懂軍人應該保守軍事機密嗎？」

「一個士兵怎麼可以隨便向陌生人透露**我的機場有五十架轟炸機呢？**」

【大師解頤】

矛盾法：文中的軍官口口聲聲要保守機密，卻仍然洩露了機密。

※傻孩子

有一天小強問爸爸說：「爸爸，我是不是傻孩子啊？」

爸爸說：「傻孩子，你怎麼會傻呢？」

【大師解頤】

矛盾法：以矛盾的說法來說出事物本質的方法。小強的爸爸明明說他不是傻孩子，卻還是說了傻，可用以說明此法。

※沒有時間

丈夫：「剛才是誰呀？你們站在門口就談了三個多鐘頭？」

妻子：「斜對門的張嫂呀！」

丈夫：「你怎麼不請人家進來坐坐？」

妻子：「她說她忙得很，沒有時間。」

**【大師解頤】**

矛盾法：既然張嫂忙得很，為何又聊了三個多小時？

※掉在河裡

母：「你頭髮怎麼弄濕的？」

兒：「我掉在河裡。」

母：「你衣服爲什麼很乾？」

兒：「我因爲怕掉下去，所以先把衣服脫了。」

**【大師解頤】**

矛盾法：兒子的前後語言不一，屬於矛盾法。

※此處不準亂畫亂貼！

趙財主新房子蓋好不久，靠街的那面雪白的墻壁上就被別人貼上一則賣牛的啓事。接下來，又有更多的字跡出現在墻壁上，把雪白的墻壁弄得亂七八糟，趙財主非常氣憤，他請了個工匠將墻壁重新粉刷一遍，然後在上面寫上這麼幾個字：

「此處不準亂畫亂貼！」

他以爲這句話一定很管用，哪知第二天一早，墻上又出現了這樣一句話：

「爲何你又畫？」

然後，又有：「你畫我也畫」、「要畫大家一起畫、「不畫白不畫」等字句，其他求買求賣的廣告也更多地出現在墻上。趙財主這回可真是氣壞了，他想拉這些人去官府評評理，可又覺得似乎有點不妥，因爲他有種有理恐怕也難以說清的預感。

【大師解頤】

歸謬法：趙財主可能到死也不會明白，其實是他自己在墻上所寫的那句話，讓他自己陷入了一個尷尬、無奈的語言境界怪圈中了，其實別人都是能夠正確地理解他那句話所要表達的真正意思的，只不過是他的話不夠嚴謹，有漏洞，而讓一些或是為了惡作劇，或是為了個人的利益，而故意曲解了他的意思，鑽他話裏的空子罷了。

※學語言

某日上課時，教授完全以英文講解，學生不太聽的懂，請求他加中文說明。

教授站在訓練學生聽力的觀點上說道：

「不要害怕聽不懂，學語言就是要多聽。你們每天聽我說英文，久了自然就聽的懂了。」這時有一位也很天才的學生忽然說道：

「咦？可是我每天聽小狗叫，也不知道他在說些什麼？」

教授：「……」

※交作業

不交作業的理由：
作業為什麼要交？
交了不一定會是自己寫的；寫了又不一定會；
會了又不一定會考；考了又不一定會過；
過了又不一定能畢業；畢業又不一定會找得到工作；
找得到工作又不一定能找得到老婆；找得到老婆又不一定會生孩子；
生了孩子又不一定會是自己的；是自己的又不一定會養得活；
養得活又不一定會長得大；長得大又不一定會孝順；
會孝順又不一定會用功念書；會用功念書又不一定會考得上；
考得上又不一定會交作業；
**所以……天啊！幹嘛要交作業？**

【大師解頤】
**歸謬法：這兩則故事都是由於錯誤的推論而產生的詼趣效果！**

※邱吉爾

英國前首相邱吉爾一次應邀到廣播電臺發表重要演講。途中車出故障，他從路邊招來一部計程車，對司機說：

「載我去 BBC 廣播電臺。」司機說：

「抱歉，我不能去，我正要趕回家聽收音機，聽邱吉爾的演講呢！」

邱吉爾非常高興，馬上掏出一英鎊給司機。司機一見有那麼多的錢，也很高興，他叫道：「上車吧！去他媽的邱吉爾。」

**【大師解頤】**

**正反對比：這兩幕場景的對比或許會使邱吉爾尷尬，但我們卻覺得非常幽默。**

※有誰認識我

愛因斯坦在未成名時衣著寒磣。一次，有一個熟人在紐約街上見到他，便問：「你怎麼穿得這樣破舊？」愛因斯坦回答說：

「這裏反正也沒有人認識我。」

過了幾年，當愛因斯坦一舉成名以後，那個熟人在紐約街上又碰到他，驚異地問：

「你怎麼還穿得這樣破舊？」愛因斯坦笑著回答：

「反正這裏的人都已認識我了。」

**【大師解頤】**

**正反對比：在這裏，對同一個問題，兩個相反的回答構成了對比。在對比中，**

我們充分感受到了愛因斯坦的瀟灑風度與幽默感。

※過橋

有一天，八仙之一鐵拐李從一座小橋上走過，這座橋是用兩根木頭拼成的，一根高一根低。鐵拐李走過，正好湊合他那一長一短的瘸腿，比走在平地上更平穩。於是，他滿口稱讚：

「天下的橋，就算這座橋修得最好了！」

幾天以後，鐵拐李往回走。這一次走的方向恰好和上一次調轉過來，所以橋上那一高一低的木頭就不湊合他的腿了。長腿走在高木頭上，短腿走到低木頭上，比平常瘸得更加厲害了。他發火了，連聲罵道：

「天下的橋，就算這座修得最壞了！」

【大師解頤】

正反對比：文中鐵拐李對於小橋的評論亦屬正反對比法。

※花了三百塊錢

「上星期，一粒沙子鑽進了我太太的眼睛，看醫生花了三百塊錢。」

「那算什麼！上星期，一件皮大衣鑽進我太太的眼睛，我花了三萬塊錢。」

【大師解頤】
相關對比：男人的抱怨在這種相關對比中得以「升級」。

※炫耀

一個婦女在宴會上炫耀自己家境富有，她說：

「我常用溫水洗鑽石，用紅酒洗紅玉，用白蘭地洗翡翠，用牛奶洗藍寶石，你呢？」她問身旁的一位太太。

「哦，我根本不洗！」

對方說：

「只要這些東西沾上灰塵，我就把它們扔掉。」

【大師解頤】
相關對比：同樣的鑽石美玉，兩人卻呈現不同的奢華態度，亦屬相關對比！

※留長髮

美國軍隊有一條規定，軍人一律不得蓄長髮。而黑格將軍擔任北約部隊總司令時，卻蓄著長長的頭髮。

有一名被禁止留長髮的美國士兵，看到畫報上登載著長髮的黑格將軍像，便把它撕下來，貼在不許他留長髮的辦公室的門上。爲了表示抗議，他還畫一個箭頭，指著總司令的頭髮，寫了一行字：請看他的頭髮！

少校看見了這份別出心裁的抗議書，沒有把這個憤憤不平的小兵喊來訓斥一通，而是將那箭頭延長，指向總司令的領章，也寫了一行字：請看他的官銜！少校這樣答覆小兵的抗議是很幽默的。

【大師解頤】

相關對比：本文中的少校運用小兵的邏輯來了回馬槍，使用了相關對比。

※出息

小明因為考試不及格，心情沮喪，回家又遭父親責罵。爸爸罵小明說：「考這麼爛！沒出息！柯林頓像你這麼大的時候，成績就很優秀了！」

小明不甘心的說：「柯林頓像你這個年紀的時候，就已經作總統了！」

【大師解頤】

相關對比：用兩件事互相對比，可看出兩件事物之差異與相同之處，讓他們更明顯的突顯出來。如文中的兒子以柯林頓的年紀來作相關對比。

※試驗費

有一次，蕭伯納因脊椎骨有毛病，需要從腳跟上截一塊骨頭來補脊椎的缺損。

手術後，醫生想多要一點手術費，就說：

「蕭伯納先生，這可是我們從未做過的新手術哇！」蕭伯納笑道：

「好極了，你們打算付我多少試驗費？」

【大師解頤】

蕭伯納針對院方說這是從未做過的新手術，而向院方要求試驗費，也是合情合理的。如此的駁斥針鋒相對、理直氣壯，院方自然無言以對。寫作文，尤其是寫論說文時，當然是要理直氣壯的駁斥對方的言語，如此的一篇作文才能有足夠的說服力。

※錢鍾書

學貫中西的大學者錢鍾書，以小說《圍城》及學術專著《管錐篇》飲譽海內外，一些青年作家向錢鍾書先生請教，他語重心長地說：

「要想自己的作品能夠收列在圖書館裏，得先把圖書館安放在自己的作品裏。」

【大師解頤】

這裏的意思很明白：就是要想自己的學業有所成就，必須要博覽群書，博採眾長，融會貫通，方能成一家之言。但錢先生沒有用那些套話，而是通過詞序的變換把這個意思很精練地表達出來，由於獨闢蹊徑，幽默風趣，令人過耳不忘。

※戰而不屈

鄒韜奮先生有一次出席公祭魯迅先生大會，輪到他演講，他說：「今天天色不早了，我只用一句話來紀念先生，許多人是不戰而屈，魯迅先生是戰而不屈！」此語一出，贏得了熱烈的掌聲。

【學習天地】

鄒先生深諳調換詞序的魅力。他要讚美魯迅先生「戰而不屈」的精神，但卻先提「不戰而屈」，造成詞序上的變換，從對比中更顯其意義上的截然對立，以賓襯主，有力地烘托出魯迅先生堅韌不拔地與黑暗勢力頑強抗爭的偉大人格。

※甘迺迪說

美國前總統甘迺迪一次向群眾演講，他說：

「不要問你的國家能為你做什麼，而是問你能為你的國家做什麼。」

【大師解頤】

文中甘迺迪的這句話成為美國公眾的座右銘，影響很大。究其原因，在於甘迺迪借助於巧換詞序，言簡意賅地闡明公民應為國家分憂解難、承擔責任和義務的道理。

【學習天地】

【古今人物介紹】

皮埃爾：皮埃爾・皮維・德・夏凡納：（PierrePuvisdeChavannes，一八二四年十二月十四日—一八九八年十月二十四日），十九世紀法國畫家，也是國家美術協會（SociétéNationaledesBeaux－Arts）的共同創辦人與主席，對許多其他藝術家產生影響。

邱吉爾：溫斯頓・倫納德・斯賓塞・邱吉爾爵士，KG，OM，CH，TD，FRS，PC（Can）（SirWinstonLeonardSpencerChurchill，一八七四年十一月三十日—一九六五年一月二十四日），英國政治家、演說家、軍事家和作家，曾於一九四〇年至一九四五年出任英國首相，任期內領導英國在第二次世界大戰聯合美國、對抗德國，取得勝利，並自一九五一年至一九五五年再度出任英國首相。

邱吉爾被認為是二十世紀最重要的政治領袖之一，對英國乃至於世界均影響深遠。此外，他在文學上也有很高的成就，曾於一九五三年獲諾貝爾文學獎。在二〇〇二年，BBC 舉行了一個名為「最偉大的一百名英國人」的調查，結果邱吉爾獲選為有史以來最偉大的英國人。

蕭伯納：蕭伯納（GeorgeBernardShaw，一八五六年七月二十六日—一九五〇年十一月二日），直譯為喬治・伯納・蕭，愛爾蘭劇作家，一九二五年「因為作品具有理想主義和人道主義」而獲諾貝爾文學獎，其喜劇作品《賣花女》（Pygmalion）因被AlanLerner改編為音樂劇《窈窕淑女》（MyFairLady），該音樂劇又被好萊塢改編為同名賣座電影而家喻戶曉。

愛因斯坦：阿爾伯特・愛因斯坦（德語：AlbertEinstein，一八七九年三月十四日—一九五五年四月十八日），二十世紀猶太裔理論物理學家、思想家及哲學家，也是相對論的創立者。阿爾伯特・愛因斯坦被譽為是現代物理學之父及二十世紀最重要的科學家之一。

甘迺迪：約翰・菲茨傑拉德・甘迺迪（JohnFitzgeraldKennedy，一九一七年五月二十九日—一九六三年十一月二十二日），通常被稱作約翰・F・甘迺迪（JohnF.Kennedy）、JFK 或傑克・甘迺迪（JackKennedy），美國第三十五任總統，他的任期從一九六一年一月二十日開始到一九六三年十一月二十二日在德克薩斯州達拉斯市遇刺身亡為止。他是在美國頗具影響力的甘迺迪政治家族的一員，被視為美國自由主義的代表。在第二次世界大戰期間，他曾在南太平洋英勇救助了落水海軍船員，因而獲頒紫心動章。甘迺迪在一九四六年—一九六〇年期間曾先後任眾議員和參議員，並於一九六〇年當選為美總統，成為美國歷史上唯一信奉羅馬天主教的總統。在他總統任期內的主要事件包括：試圖廢除聯邦儲備委員會、豬灣入侵、古巴飛彈危機、柏林圍牆的建立、太空競賽、越南戰爭的早期活動以及美國民權運動。

在針對總統功績的排名中，甘迺迪通常被歷史學家列在排名中上的位置，但他卻一直被大多數美國人視為歷史上最偉大的總統之一。甘迺迪於一九六三年十一月二十二日在德克薩斯州達拉斯市遇刺身亡，官方在隨後的調查報告中公布的結果表明，李・哈維・奧斯瓦爾德是刺殺總統的兇手。他的遇刺被視為對美國歷史的發展產生重大決定性影響的事件之一，因為這一事件在其後數十年中一直影響了美國政治的發展方向。

甘迺迪於一九六一年一月二十日正式宣誓就任美國第三十五任總統，他在就職演說中對國際事務給予了極大關注。他呼籲美國民眾承擔起更多的義務，做出更大的犧牲。在演說中，他呼籲全人類團結起來，共同反對專制、貧困、疾病和戰爭，他在演說中提到的：「不要問你的國家能為你做些什麼，而要問一下你能為你的國家做些什麼。」（Asknotwhatyourcountrycandoforyou, askwhatyoucandoforyourcountry.）更是成為了美國總統歷次就職演說中最膾炙人口的語句之一。

柯林頓：威廉・傑弗遜・「比爾」・柯林（WilliamJefferson"Bill"Clinton，一九四六年八月十九日——），中國大陸譯作克林頓，美國律師、政治家，美國民主黨成員，曾任阿肯色州州長（一九七九年——一九八一年、一九八三年——一九九二年）和第四十二任美國總統（一九九三年——二〇〇一年）。柯林頓是美國歷史上僅次於西奧多・羅斯福和約翰・甘迺迪的第三年輕當選總統，也是首位出生於二戰後嬰兒潮中的總統。柯林頓被稱為新民主黨人，其執政理念也被歸結為第三種道路。在柯林頓的執政下，美國經歷了歷史上和平時期持續時間最長的一次經濟發展，實現了財政收支平衡和國庫盈餘五千五百九十億美元。柯林頓在其總統任期內也遭遇了不少挑戰。由於想推行讓美國有全民健保計劃改革等政策的失敗，共和黨在事隔四十年之後首次獲得眾議院的控制權。在第二個任期內，柯林頓因偽證罪和妨礙司法罪被眾議院彈劾，但最終被參議院否決彈劾案並完成任期。柯林頓以百分之六十五的民意支持率結束任期，創下了二戰後美國總統離任最高支持率紀錄。此後，柯林頓一直進行公開演講和人道主義工作，成立了威廉・J・柯林頓基金，致力於愛滋病和全球變暖等國際問題的預防。二〇〇四年，柯林頓出版了自傳《我的生活》。

鐵拐李：鐵拐李，亦稱李鐵拐，道教八仙之一。李鐵拐，相傳名叫李凝陽，或名李洪水，或名李玄，小字拐兒，自號李孔目。傳說鐵拐李能護佑鐵匠與乞丐。鐵拐李的身世說法傳說頗多。

魯迅的《中國小說史略》說他姓李，名玄；趙翼的《陔余叢考》中又說他姓劉。《混元仙派圖》稱他是呂洞賓的弟子。《列仙全傳》說他長得十分魁梧，是一位偉丈夫，在深山洞穴中修道。

李真人因遇上太上老君而得道，曾於一次靈魂出竅到華山，以赴老君之約，李真人與徒弟相約，七日不見他甦醒，即可將他的身體火化，沒想到徒弟認為神遊的他已然物化，且極欲歸家探望病急的老母，忍耐至第六日，即將李真人肉身火葬。李真人返回之後，僅見到自己的骨灰，靈魂無所依歸，於是附上一餓死乞丐的屍身，蓬首垢面，坦腹跛足，並撐一根鐵杖，故此以後被稱為「鐵拐李」。

錢鍾書：錢鍾書（一九一〇年十一月二十一日—一九九八年十二月十九日）中國作家、文學研究家。

原名仰先，字哲良，後改名鍾書，字默存，號槐聚，曾用筆名中書君，江蘇無錫人，曉暢多種外文，包括英、法、德語，亦懂拉丁文、意文、希臘文、西班牙文等。台灣著名作家兼講座教授余光中分析當代中文時，常稱道錢西學列於中國人之第一流，兩岸三地之作家如陶傑、宋淇，行文之時，亦多交許讚之。錢氏於中文一面，文言文、白話文皆精，可謂集古今中外學問之智慧熔爐。

鄒韜奮：鄒韜奮（一八九五年十一月五日—一九四四年七月二十四日），原名恩潤，筆名「韜奮」取意「韜光養晦」和「奮鬥」，中國記者、出版家。他主編的各種刊物，特別在抗戰時期，對當時的人思想影響不亞於魯迅等文學家。對於抗戰，他抱「停止內戰、一致抗日」的立場，因此多番遭到國民黨打擊，最具代表性的事，就是「七君子事件」。他臨死前曾要求加入中國共產黨。

魯迅：周樹人（一八八一年九月二十五日—一九三六年十月十九日），字豫才。原名樟壽，字豫山、豫亭。以筆名魯迅聞名於世。浙江紹興人，二十世紀中國重要作家，新文化運動的領導人、左翼文化運動的支持者。中華人民共和國的評價為現代文學家、思想家、革命家。魯迅的作品包括雜文、短篇小說、評論、散文、翻譯作品，對於五四運動以後的中國文學產生了深刻的影響。（維基百科）

※吃緊

相傳古時候，某財主的兒子縱馬奔跑踩死了人。死者家屬告到官府。由於縣官收了財主的賄賂，竟指使訟棍把狀詞「跑馬傷人」改為「馬跑傷人」，一語顛倒，死罪變成無罪。又據說抗日時期，抗日將士在前線艱苦作戰，一些官僚政客卻在後方花天酒地。有人做了一副對聯加以諷刺：

「前方吃緊，後方緊吃。」

「吃緊」是指情勢嚴重緊急，「緊吃」是指對準時機吃喝玩樂。一語顛倒，竟使前後方對照鮮明。

【大師解頤】

漢語裡有些詞語在經過了倒序之後便可以表示不同的意思。如這段故事中的兩段倒序，「跑馬」與「馬跑」以及「吃緊」與「緊吃」都具有強烈的諷刺意味。

※獵犬

英國博物學家赫胥黎是達爾文學說最著名的傳播者。一次，幾個反對達爾文學說的人被他駁斥得理屈詞窮，惱怒的罵他是「達爾文的獵犬」。赫胥黎馬上針鋒相對的反擊：

「只有狡猾的狐狸，才會害怕勇敢的獵犬。」

【大師解頤】

反詰法：在論說文中，特別是駁論性之文章，常用反唇相譏的手法。這就是針對對方的責問與譏諷，反過來針鋒相對地譏諷對方。這一則幽默中，赫胥黎即是對譏諷他的人以牙還牙、還以顏色。

【學習天地】

【古今人物介紹】

赫胥黎：湯瑪斯亨利赫胥黎，FRS（ThomasHenryHuxley，一八二五年五月四日—一八九五年六月二十九日），英國生物學家，因捍衛查爾斯・達爾文的進化論而有「達爾文的堅定追隨者」之稱。他為了對抗理查・歐文的理論而提出的科學論證顯示出人類和大猩猩的腦部解剖具有十分的相似性。有趣的是赫胥黎並不完全接受達爾文的許多看法（例如漸進主義），而且，相對於捍衛天擇理論，他對於提倡唯物主義科學精神更感興趣。

作為科普工作的倡導者，他創造了概念「不可知論」來形容他對宗教信仰的態度。他還因創造了生源論（biogenesis，認為一切細胞皆起源於其他細胞）以及無生源論（abiogenesis，認為生命來自於無生命物質）的概念而廣為人知。（維基百科）

## ※志明與春嬌

志明：「你是因爲我有錢，才跟我在一起嗎？」

春嬌：「不，是因爲我沒有錢。」

**【大師解頤】**

作文時，反面思考也是一種想法的傳遞，這一笑話，就是以本身為思考，而揣測對方想法，生活中這些例子相當多。

## 內容

一篇好的文章，內容方面應如「豬肚」一般富厚，旁徵博引，言之有物，並且輔以適當的語言技巧修飾，使文章內外皆美，形神俱佳。以下我們不妨由一些有趣的例子，來加深觀念吧！

※ 陵墓

全國最富有的人請了全國最好的建築師來給自己建造陵墓。

三年之後，大富翁問建築師：

「全部工程結束了嗎？」

「差不多了。」

「還差什麼呢？」

「只差你了。」

【大師解頤】

內容應豐富：文中所揭示富翁雖然有富麗的陵墓，但如果沒有人在其中，也只是空有其表罷了！好的文章也是如此，如果文章只是堆砌格言諺語，卻沒有自己的思想、感情在其中，那也不會是一篇可讀的文章的。

※ 古詩

我教兒子讀過許多古詩，他有不少獨到的見解。他兩歲那年，一次看病人吃藥，一邊哭一邊大叫：**「粒粒皆辛苦，粒粒皆辛苦哇！」**

那次他穿著父親的大拖鞋爬上桌子，我大聲喝他：「你就不怕摔死嗎？」

他居然回答說：**「死亦為鬼雄！」**

在讀**「等閑識得東風面，萬紫千紅總是春」**時，這饞嘴巴又說：「不如『得閑食碗東風面。』」，大概以爲「東風面」是和雲吞麵一樣可以吃。

在讀到：**「前不見古人，後不見來者，念天地之悠悠，獨愴然而涕下。」**時，他搶著說：

「媽媽您不用解釋，我知道這個人一定迷路了。」

**【大師解頤】**

我們學習古代詩文，亦應做到古為今用，不可拘泥原義。此則幽默提醒我們：要寫好文章除了多讀書，還要能遇境活用。

**【學習天地】**

【作品介紹】

《憫農詩》：**「鋤禾日當午，汗滴禾下土；誰知盤中飧，粒粒皆辛苦。」**（唐•李紳）

唐代中葉發生安史之亂後，社會動蕩，賦稅加重，加上災荒不斷，人民生活貧困，尤其是胼手胝足的農民，在官府、地主的斂剝下，生活猶為窘迫。在無錫梅裏長大的李紳，耳聞目睹農民生活的慘狀，憤筆寫下了《憫農》詩兩首，另一首為：

**「春種一粒粟，秋收萬顆子；四海無閒田，農夫猶餓死。」**這兩首詩不僅是李紳所處時代農民生活的寫照，也是幾千年來在剝削階級統治下農民生活的白描，因而世代傳誦，成為千古絕唱。

《夏日絕句》：**「生當作人傑，死亦為鬼雄。至今思項羽，不肯過江東。」**（北宋・李清照）

本詩出自李清照的〈夏日絕句〉。豪氣，漫染紙面，力透紙背。令人叫絕稱奇而無復任何言語！這是李清照所作的非常有名的一首詩，該詩前兩句中的「人傑」和「鬼雄」分別出自劉邦的《史記・高祖本紀》和《楚辭・九歌・國殤》，這兩句詩是對項羽一生事蹟和胸襟的高度概括。而詩的後兩句則是在寫項羽在生死關頭雖然有機會坐船逃生，過江求安，但是由於他兵敗知恥羞見江東父老，毅然拔劍自刎，不失英雄的豪壯氣概。因此，在李清照看來他雖然失敗仍可稱為蓋世英雄。

《春日》：**「勝日尋芳泗水濱，無邊光景一時新。等閒識得東風面，萬紫千紅總是春。」**（南宋・朱熹）

這是宋朝著名理學家朱熹的詩作。大意是說，輕易的就能感受到春風的撫摸，張開眼就能看到處處是春天的美景。萬紫千紅的花朵開滿枝頭，爭相著向人們報告春天的來臨。讀罷此詩，我的眼前頓時也浮現出那無邊無際的美麗春色，使我有一種心胸豁然開朗，耳目為之一新的感覺。細思之，春夏秋冬，周而復始，四個季節各有特色。

然而，古語說：「一年之計在於春」。春天象徵著美好的開始和盎然的活力，孕育著新的希望和勃勃生機。在這萬物復蘇的季節，人們播種下希望的種子，期望這一年有一個良好的開端。沒有冬日的嚴寒，也沒有夏日的酷熱，春季確實是大多數人所最喜愛的季節。在人們的心目中，春天就是溫暖，鳥語花香；春就是生長，耕耘播種；春就是桃李含苞，櫻桃花開；春天是百花齊放捧出來的萬紫千紅。當春風徐徐地吹來之時，人們就會明顯地感覺到白晝變長了，黑夜變短了，太陽也變得溫暖了。

《登幽州臺歌》：**「前不見古人，後不見來者，念天地之悠悠，獨愴然而涕下。」**（唐・陳子昂）

這一首登臨感懷詩是作者的代表作，也是唐詩中千古傳誦的名篇。短短小詩，深刻表現了作者因生不逢時、懷才不遇而產生的孤寂與悲哀。此詩用《楚辭》的句法，前兩句三讀（前──不見──古人，後──不見──來者），語氣急促，表達了作者抑鬱不平之氣；後兩句四讀（念──天地──之──悠悠，獨──愴然──而──涕下），襯以虛字「之」「而」，轉為舒緩流暢，表現詩人悲聲長嘆、涕淚橫流的情形。從結構上看，前兩句俯仰古今，第三句遠眺曠宇，第四句引出了詩人飽滿的情緒，把讀者籠罩在詩人筆下的特殊氣氛中，使人不得不心動情移。值得一提的是，有人亂說「古詩也有不押韻的」並把此詩當作根據，弄了一個大笑話。殊不知此詩韻腳「者」、「下」屬同一韻部「（上聲）二十一馬」，只是讀音變遷，今天讀起來不押韻了。

※狼來了

七歲的小明說謊，媽媽爲了矯正他說謊的習慣，就說了「狼來了」的故事給他聽，然後問他：

「你知道這個故事的教訓吧！」小明回答說：

「知道啊！謊話最多只能說兩次。」

【大師解頤】

此則笑話中的小明並沒有把握母親說故事的重點，而有了誤解！寫作時也應把握文章的內容重點，否則便如小明一樣雞同鴨講了！

※不是我！

上國文課，老師教到清朝小說，一個學生趴在桌上睡著了。老師走向前把他搖醒，並問道：

「你說！《儒林外史》是誰寫的！」學生在沉睡中驚醒，連忙道：

「報告老師，不是我！」全班哄堂，老師怒道：

「你出去吧！不必再來上我的課了！」

第二天，學生家長帶學生向老師賠罪道：

「我這個孩子是蠢了點，但是他從來不撒謊，那本什麼外史的，真的不是他寫的！」

※口試

某大學歷史系的考試中有一段是口試，到了某位考生時，教授問了三個問題，他都回答不出來。最後教授沒辦法，爲了給他一個及格的機會，問了他最後一個問題：「美洲新大陸是誰發現的？」

學生：「……」

這時教授再也忍不住，氣急敗壞的喊道：「哥倫布！」

突然這名學生轉身往外走去，教授趕緊把他叫住，「你爲什麼要走啊？」

學生：「咦？你不是在叫下一個考生了嗎？」

【大師解頤】

這兩則故事中的學生皆因欠缺了常識，以致鬧出笑話來。寫作者若能具備豐富的知識，那麼寫出來的文章便不至於內容空洞，而能激發讀者思維力與想像力。

【學習天地】

【書籍介紹】

儒林外史：《儒林外史》是中國文學史上一部傑出的現實主義的長篇諷刺小說。《儒林外史》所寫內容，假託明季，實為清朝，而且十之八九的人物都實有其人。它真實地描繪了康乾時期知識分子生活的沉浮，境遇的順逆，功名的得失，仕途的升降，情操的高尚與卑劣，理想的倡導與破滅，出路的探索與追尋。

吳敬梓以對待功名富貴的態度來肯定或否定書中人物，如匡超人假造文書，冒名代考，卻被溫州學政「把他題了優行，貢入太學肄業」，嚴貢生無惡不作，卻被前任周學台推舉為「優行」；作者無情地鞭撻醜惡事物時，同時也歌頌正面人物，王冕是書中的第一流人物，為人「嶔崎磊落」，庄紹光追求「以禮樂化俗」、「以德化人」，牛老爹和卜老爹也是作者所歌頌的。程晉芳在《懷人詩》稱：「外史記儒林，刻劃何工妍；吾為斯人悲，竟以稗史傳！」

吳敬梓在《儒林外史》之中，運用樸素、靈活、幽默的本地方性的語言，撰寫了科舉制度的腐朽黑暗，假名士的庸俗不堪，貪官污吏的卑鄙刻薄。胡適形容本書：「……國家天天掛著孔、孟的招牌，其實不許人說孔、孟的話，也不要人實行孔、孟的教訓，只要人念八股文，做試帖詩；其餘的『文行出處』都可以不講究，講究了又『那個給你官做？』」

《儒林外史》對清朝時期的小說，有很大影響，儘管此書一開始並無預先設計的結構。又如胡適所言，「這部書是一種諷刺小說，頗帶一點寫實主義的技術，既沒有神怪的話，又很少英雄兒女的話。況且書裡的人物又都是儒林中人，談什麼舉業、選政，都不是普通一般人能了解的。因此，第一流小說之中，《儒林外史》的流行最不廣」。對鞭笞社會不公，提昇人民自主思想，有一定意義。並且，對現代諷刺文學有深刻的啟迪。

《儒林外史》另一特色是結構鬆散，沒有貫穿首尾的主幹，「事與其來俱起，亦與其去俱訖」。夏志清在《中國古典小說史論》第六章《儒林外史》談到「儘管《儒林》算是一部重要的反映文人學士的小說，但如果從作者對他所處的那個時代熙熙攘攘的世界所作的五光十色的描繪這方面來看，它似乎更應是一部風俗喜劇。」胡適認為後來的晚清譴責小說，如《二十年目睹之怪現狀》、《官場現形

記》、《老殘遊記》、《孽海花》以及《海上花列傳》，都是繼承《儒林外史》的餘緒。（維基百科）

※開水來囉！小心燙著！

張員外有三個女兒，均已出嫁，大女婿是唱戲的，二女婿是寫小說的，三女婿是茶館跑堂的。有一天，張員外患了重病，三個女婿不約而同前來探望。大女婿一進門，就長揖道：

「岳父大人在上，小婿這廂問疾來了！不知病體何如？」二女婿在旁接口道：

「欲知生死如何？且看下回分解！」

張員外聽了，非常生氣，隨手拿起床邊的茶壺往二女婿丟過去。

三女婿見此情況，急忙高聲喊道：

「開水來囉！小心燙著！」

【大師解頤】

文中三位女婿的反應與他們自己的職業有很大的關係，這也說明了寫作者的視野會因生活環境和本身的學識涵養而有差異。因此，寫作者本身需努力拓展生活經驗，才不會使作品內容過於狹隘。

※價值

趙老闆運了一箱鮮蚌在海上航行，阻於風浪，誤了歸期，滿船蚌肉都腐爛了，老闆見血本無歸，急得要跳海自殺。船長勸他：

「等一等，也許你還剩下什麼東西。」

他率領水手清理船艙，從滿船爛肉中找出一粒明珠來，它的價值足以彌補貨價和運費而有餘。

**【大師解頤】**

本則故事提醒寫作者若能換一個角度來看世界，人生則會有峰迴路轉之時，或許就能從滿船的爛肉找出明珠來！因此作為一個寫作者，他必須時時警惕自己保有開放的眼光，從不同的事件或物象中，找出真正具有豐富價值的內容。

※職務

兩位老朋友小王和小張十年不見，某日在路上不期而遇。

小張問小王：「你現在在哪裏工作？」

小王說：「我現在某大醫院工作。」

小張又問：「做甚麼？」

小王答：「各科醫不好的，都由我負責。」

小張用敬佩的眼神望小王說：「你終於如你所願做了個能醫百病的醫生！」

小王笑而不答第二天，小張去醫院找小王吃午飯，一進門口只聽到一位護士叫道：**「小王，急診室裡兩個急救無效的等你推到太平間！」**

【大師解頤】

文中的小王吹噓自己，然而與事實相距甚遠。同樣的，寫作文章不可以只堆砌詞彙，而忽略內容，否則便如人造塑膠花一般，美則美矣，然而生氣全無！

※古已有之

有一位先生，從來不讀書不看報，連電視也不看。有一次，他的孫子寫了一篇短文，請他過目提提意見，文中寫到太空人已經登上月亮啦！

他冷笑說：「嫦娥奔月古已有之。」

下面又寫到奔月的是個男人。那個人又評論說：

「那就是嫦娥的丈夫后羿，兩口子破鏡重圓，定居天上，也是椿喜事。」

孫子的童話又寫到：「登月的人單獨回到地球來了。」

那個人又說：「那敢情是嫦娥配了吳剛，叫后羿吃了閉門羹。唉，人心不古，仙人也會失節。」

【大師解頤】

寫作文章最忌諱「閉門造車」，否則便如文中先生說明，錯誤百出。因此好的作家必須具備了解不同文化的開放態度，積極提升生活視野，文章才能豐富而動人！

※大問題

有個自稱演說家的人，有一次以《大問題》演說，他是這麼說的：

「好朋友：我今天準備給大家講一個問題，這個問題，本來沒有什麼問題，但是，問題終究是問題。你越不講它就越成問題，最後，可能發展成爲無可救藥的問題。那麼，這個問題究竟是什麼問題呢？這個問題是一個不簡單的問題，同時也是一個難以解決的問題。如果我這個問題講來講去你們聽不出什麼問題，那麼就說明我這個問題中還存在問題，也許你們的耳朵有問題，這樣大家都有問題。

但我希望，我講完這問題之後，大家要從我這個問題中提出問題，並且深入分析我這個問題，這樣做，我一定沒有問題，但我相信大家一定能解決我這個問題中所存在的問題，把它變成一個沒有問題的問題。

講到這裡，我的問題已成爲越來越多的問題，大家會感到十分荒謬可笑的問題。不過，我還要鄭重的提出：這個問題是一個非常特殊的問題，大家聽了滿意也好，不滿意也好，始終會在你們印象中留下一個不三不四的問題，這樣一來，我所講的問題，就成爲一個非常遺憾的大問題。」

【大師解頤】

聽完這位演說家的說法，相信大家還是摸不著頭緒，究竟他所說的大問題是什麼？寫作時，若不能清楚地表達概念，即使學問再好，文辭再華美，也會給人文章內容空泛的感受！

※自我介紹

大家好！我是王小華！從小，我就培養了很多興趣唷！以下開始介紹我的興趣……。我的興趣可分為動態與靜態兩種：靜態就是睡覺；動態就是……翻身囉！

【大師解頤】

講來講去只圍繞在同一件事上。這一則事例提醒我們作文內容應避免貧乏，不要如上述自我介紹的興趣一般，

※豬

老師說：「豬是一種很有用的動物，牠的肉可以吃，牠的皮可以做皮革，牠的毛可以做刷子。現在還有誰說的出牠還有其他用途嗎？」

「老師！」

一個學生站起來答：

「牠的名字還可以罵人。」

【大師解頤】

學生的回答確實令人莞爾！寫作上若能多方聯想，必能使文意顯豁，內容充實！

※高興就好

有個天兵，放了幾天假之後，在莒光作文簿寫著：

「上周六，我放假回家，我好高興！
回到家裡一看到老婆，我好高興！
後來，又看到我的小孩，會叫爸爸了！我好高興！
可是，時間過得好快，幾天的假咻一下就過去，想到要收假，我好難過……。
回到部隊，天氣好冷，我好難過；
不過，想到放了幾天假，我還是很高興；
而且，再過十天又可以放假了，我好高興！」
批閱的班長看了看：
**「……高興就好。」**

**【大師解頤】**

文中的天兵，寫來寫去就只是「高興」或「難過」等形容詞，既單調又顯無趣！寫作時應儘量想一想：哪些詞語是可以替換而且更能傳達意旨的？如此文章才會更具吸引力！

※借穀

有一個父親想向人借一擔穀子，就叫讀中學的兒子寫張借條。兒子足足寫了半天，還未寫成。然後父親就拿過來一看，只見密密麻麻寫了五、六張紙，從神農造五穀開始，一直寫到怎樣耕種、收割。父親看了大怒，說：

「你是做文章，還是做什麼？」兒子回答說：
「糧食是寶中之寶，不寫清楚，人家怎會借給你？」

【大師解頤】
寫作時，仍需注意各種文體內容對應的形式，如文中的兒子寫借條卻長篇大論，實在不必要！

※窮
一日女兒回到家時對媽媽說：「隔壁那一家一定很窮。」
媽媽：「你怎麼知道？」
女兒：「因爲他們的小孩呑下一塊錢時，全家都緊張的不得了。」

【大師解頤】
從本則笑話可知寫作要抓對重點，否則寫出來的文章天差地遠，令人哭笑不得！

※天堂與地獄
很久很久以前有一對夫婦，他們生前做了非常多的善事，上帝看了很感動，就讓那對夫婦自己覺決定要上天堂或下地獄，那對夫婦說：
「可不可以先看看兩方的狀況再作決定啊？」
於是上帝就放錄影帶給他們看，首先是天堂，錄影帶中顯示的天堂是一個相當平靜且安祥的地方，但老公一看就說：「這太枯燥了！」

老婆就說：「那再看看地獄吧。」

結果錄影帶中的地獄是一個很安祥但較爲熱鬧的世界，那對夫婦看了都很同意的說：「這個好！」

於是他們就決定要去地獄了，但他們一到地獄看到的卻是很恐怖的景象，這對夫婦就跑去問撒旦：「爲什麼和我們看到的不一樣呢？」

撒旦就說：「哦！那是我們的宣傳錄影帶啦！」

**【大師解頤】**

由這一則笑話我們可以了解寫作時若能善用文法與修辭等技巧加以妝點，文章會更加吸引人！

### ……語言

一篇優秀的作品，除了作者有相當好的構思、情意外，亦須加上適當的遣詞用語，才能使內外皆美，因此語言的斟酌是相當重要的。古代的文人墨客亦相當重視詩文語言的精確運用。

例如杜甫的：「爲人性僻耽佳句，語不驚人死不休」；賈島的：「二句三年得，一吟雙淚流」或是李賀爲了寫出好詩，常帶一個小奴騎驢出遊。想出好句就趕緊寫下來投入一個破錦囊中，回家再點染成篇……等等，均說明了語言在文章的重要性。

以下我們透過一些例子來探討文章中用字遣詞的原則及問題吧！

※約吃飯

甲是個很不會說話的人，有一次，他邀請八位客人吃飯，約定時間已過，只來了六個人。等了老半天，那兩位還是沒有來。甲等的不耐煩了，說道：

「該來的爲什麼還不來？」六位客人中有兩個聽得不對勁，耳語：

「如此說法，就是不該來的都來了，那麼我們走吧！」於是他們倆起身走了。

甲眼看走了兩位，急得向另外四位說：

「你們看，不該走的卻走了。」又有兩位客人聽得不舒服，商量道：

「照他這樣說，就是我們該走的不走，我們倆也走吧。」於是又走了兩位客人。

甲一看只剩最後兩位客人，急得大聲叫：

「我又不是說他們倆！」這兩人一聽，不高興的對他說：

「你既不是說他倆，那就是說我們倆了！」

於是最後兩位客人也氣憤的走了。

【大師解頤】

文中的主人，原本是希望所有的客人都能賓至如歸的。但是只因為不懂得如何表達，所以所說出來的話便和心理的真正意思完全不同，這是犯了辭不達意的毛病。

※大傻瓜又來了

高高興興去買照相機的丈夫空手回到了家裡。

妻子：「怎麼沒買成？」

丈夫：「我沒敢進店門。」

妻子：「誰不讓你進去了？」

丈夫：「門口貼了一張告示——**大傻瓜又來了**。」

【大師解頤】

寫作文時，文章語言表達要求簡潔、精鍊，用少少的語言文字，去傳達盡可能多的訊息。但是卻不能一味求簡，求「簡潔」應該以求「明晰」為前提，文中「大傻瓜」指的是「傻瓜相機」之意。

※成績就能好起來

某人見兒子成績不好，便對兒子說：

「你只要把這本書背熟，吃透它，成績就能好起來。」兒子卻驚奇的說：

「爸爸，吃書並不難，吃下去就怕胃受不了。」

【大師解頤】

詞有基本義及轉義之分，這段笑話中，爸爸說所的「吃」不是用詞的基本義，而是用詞的轉義，是「領會」、「理解」的意思。因此寫作文時，應注意到，如果用詞的轉義，必須使讀者看了不會發生誤會才好。

※真老烏龜

某朝宰相特別喜歡字畫，在他六十歲的大壽那天，同僚們都送來了祝壽調幅慶賀。有個小官恨他平時仗勢欺人，也送來了一副條幅，只有四個字：

「真老烏龜。」

宰相看後，頓時惱羞成怒，但又不好當場發作，便問那小官為何送這樣的條幅。

那小官笑著解釋道：

「真正的宰相，姥姥的元臣，烏紗戴頂，龜鶴延齡。」

宰相聽後轉怒為喜，便把條幅掛在正堂中央。

**【大師解頤】**

作文寫作上要求精簡，但也不可以太精簡，以免造成語意不清。

※言過其實

一個品行不良、不務正業，老是花天酒地的男人死了，他太太平時雖恨他入骨，但也不免含悲在靈前謝客，聽到朋友在念祭文時，有一段竟是：君性純厚、品性兼優、贍家教子、濟弱扶貧、無不愛戴。

他老婆低聲問兒子：

「你快去看看，棺材裡躺的是不是你爸爸？」

【大師解頤】

由這一則笑話可知，寫作不可以太過誇張和渲染，敘述時亦應求實、求真。

※學子家書一

有個到外地深造的學子，經常給家裡寫信，他寫的信簡明扼要，茲抄錄如下：

「爸媽：來信收到，請稍安勿躁，我一切均好。最近手頭又緊了，請你們無論如何再寄點錢，不少於兩百元吧！加緊匯來，切記。另：我跟你們講了好多次，來信宜短不宜長，你們囉哩囉唆，浪費我的時間。」

家長接到此信，哭笑不得。

【大師解頤】

文中的學子雖要求父母來信簡要，自己卻絮絮叨叨，失去了行文簡潔的原則。

※學子家書二

作家趙樹理的兒子寫給他只有三個字：「父：錢。兒。」很快，他就收到父親寄字北京的回信，回信也是三個字：「兒：0。父。」

【大師解頤】

趙樹理跟兒子之間的書信可謂十分簡潔，也能博君一粲！

【學習天地】

【古今人物】

趙樹理：（一九〇六年九月二十四日—一九七〇年九月二十三日），原名趙樹禮，山西沁水縣尉遲村人，中國現代小說作家，一九三七年加入中國共產黨。趙樹理曾擔任中國文聯常務委員、中國作家協會理事、中國曲藝協會主席，曾任《曲藝》、《人民文學》編委、中國共產黨第八次代表大會代表，全國人民代表大會第一、二、三屆代表。

在文革中成為「周揚樹立的黑標兵」，遭到長期的批鬥，一九六七年一月八日《光明日報》發表《趙樹理是反革命修正主義文藝路線的「標兵」》，被押著遊街示眾，曾被打斷肋骨，又在批鬥台上被推下，跌斷髖骨，一九七〇年六月二十三日被「隔離審查」，九月十七日繼續接受批鬥，九月二十二日病危，九月二十三日淩晨兩點四十五分被迫害致死，終年六十四歲。

趙樹理的主要代表作品有中篇小說《小二黑結婚》、《李有才板話》、《李家莊的變遷》和長篇小說《三里灣》等。趙樹理的小說多以華北農村為背景，反映農村社會的變遷和存在其間的矛盾鬥爭，塑造農村各式人物的形象，趙樹理開創的「山藥蛋派」，成為新中國文學史上最重要、最有影響的文學流派之一。（維基百科）

※之乎者也

從前有一名秀才，言必之乎者也。有一次，秀才酒後回家，見老婆躺於床上，便問：「睡之？」老婆不語。

秀才又問：「病乎？」

老婆還是不答。秀才不禁生氣地大喊：「何像死者？」

老婆一聽大怒，從床上一躍而起，順手摸起一跟木棍，朝秀才頭上打去。秀才側首躲過，大驚失色，驚呼：「險也！」

還有一秀才，夜裡被臭蟲咬得睡不著覺，便對妻子說：「賢妻，爲夫被毒蟲所襲，夜不成寢。」老婆不知他咕嚕什麼只顧睡覺。秀才又說：「賢妻，迎燃玉燈，毒蟲狠甚，爲夫苦不堪言。」老婆還是不知所云，不理他。此時，他急了，大叫：「老婆子，我被臭蟲咬壞啦，快點燈啦！」

這最後一句話，才讓老婆聽懂了。

【大師解頤】

由本則可知：寫作時不可文白夾雜，並應注意文章的用字遣辭是否過於艱澀，否則會讓人摸不著頭緒。

※囉嗦信

有個人說話特別囉嗦。一次，他給朋友寫信，也這麼囉囉嗦嗦，惹得朋友很生氣，寫信責備他：「說話明白就行了，千萬別囉嗦！」

他立刻回信道歉：

「實在對不起，耽誤了你很多時間。你的意見，我完全接受，你對我的好意，我萬分感激。」

寫到這裡，他覺得意猶未盡，就在「萬」字底下加了個注解：

「我這裡寫的是『方』字頭上少一點的『万』字，我本來要寫草頭正楷繁體的『萬』字，因爲時間匆促，來不及寫那個草頭正楷的『万』字，請你不要以爲我不會寫那個正楷繁體的『萬』字，爲了節省時間，所以我寫了這個『方』字頭上少一點的『万』字。其實，這個『方』頭上少一點的『万』字和那個草頭繁體正楷的『萬』字，意思都是一樣的。只不過一個是簡體字，一個是繁體字罷了。草草不恭，望你原諒。」

**【大師解頤】**

囉嗦是一種文病。這種文病的主要特徵就是「意已盡，言無窮」，就是用的語言文字很多很多，傳達的信息卻很少很少。像上面這個笑話喋喋不休，令人覺得繁冗難耐，讀這種「文章」，確實是一種災難。其實，那封信只要說「對您的批評，我万分感激」就夠了，至於對「万」字的寫法的解釋純屬多餘。信和其他文章，是用來傳達消息的，語言文字如果沒有傳達消息那就是廢話。寫文章時應該禁絕這種廢話。

※天下第一好詩

從前，有一個少爺閒著沒事，想學作詩。一天，詩興發作，大筆一揮，便寫了一首詩：「我本長無百，多兄錢掛官。過橋蛤叮跌，進屋鼠撲竄。」

他得意洋洋地拿給別人看。可是，誰也看不懂他的詩。人家問他：

「少爺，你這是寫的什麼天書啊？」於是他一字一句解釋給人家聽：

「我本是長沙的無名小百姓，多虧大哥花了銀子給我弄來一個掛名的官。過橋時，看見蛤蟆叮咚叮咚跳進水裡；走進屋裡，老鼠撲嚇撲嚇地到處亂竄……」

不等他說完，大家都笑了起來，一起誇是「好詩，天下第一好詩」。

**【大師解頤】**

文中少爺所做的詩，縮減太多意思，故會讓人弄不清楚他到底想要表達什麼，寫作時宜多加留意。

※如何如何

清朝的紀曉嵐，在擔任科舉閱卷官時，看到文章滿篇都是「如何如何」，乃在卷上批打油詩道：

「如何如何究如何，如何如何如何多，如何如何如何何，將如之何怎奈何」聞者無不捧腹。

【大師解頤】紀曉嵐巧妙運用「如何」一詞來諷刺考生，令人絕倒！這也提示我們在行文當中必須注意避免運用重複的語彙。

結尾

一篇好的文章結尾，對於作品會有畫龍點睛的效用，古人強調文章結尾須如「豹尾」，即說明了好的文章結尾須簡潔有力。

彰化師大耿志堅教授認為：「在日常生活裡，值得抒發的地方很多，尤其在作文裡，應該把最精彩的部份拿來作結尾。然而結尾的難處在於當你一氣呵成時，要能收得住筆，這就要在開頭布局時做好大體上的設計，以免草草收場，形成虎頭蛇尾。也有些學生在沒話可說時，為了湊滿字數，拚命擠出幾行字，形成畫蛇添足。致使文章不僅平淡無味，更是多此一舉。因為好的收尾是要求回味無窮和發人深思的。」他還指出好的文章的結尾要能做到：

一、總結全文，歸納主題。
二、照應標題，點明題旨。
三、發出期許，展望未來。
四、抒發感情，發人深思。

如此才能使一篇作文寫出具有開展的味道，令人回味或省思，使文章的主題得以強調與深化。以下我們不妨透過一些例子來看看文章結尾的運用原則。

※下棋

老張很久沒去棋藝社下棋，太太覺得很奇怪，就問他說：

「你怎麼那麼久沒去棋藝社找老王下棋了呢？」

「你難道願意跟一個贏了就神氣活現，輸了就冷言冷語的人下棋嗎？」老張反問。

「當然不願意啦！」太太說。

「老王也不願意。」老張說。

※讓坐

陳主任下班回家，擠上一部公共汽車。他看見一個年輕人大剌剌地坐著，而年輕人身旁站著一位滿頭白髮的老太太。過了一會兒，陳主任發現年輕人絲毫沒有讓座的意思，終於忍不住說：

「年輕小伙子坐著，老太太卻站著，實在太不像話了。」

老太太轉身對陳主任說：

「回家多管管你的孩子吧！我們家的孫子不用你多管閒事。」

※害怕看牙醫

有一天，小李牙痛去看牙醫生。高大健壯的小李，天不怕地不怕，只怕看牙醫。來到診所，摀著嘴巴，臉色慘白向醫生說：「我怕得要命喲！」

「你酒量如何呢？」醫生問道。

「還不錯，還可以喝幾杯。」

「那你就喝一杯威士忌壯壯膽吧！」醫生指著桌上的酒，好心地建議。

小李毫不猶豫，立刻乾杯。喝完之後，小李對醫生說：「我仍然害怕。」

「那你就再喝一杯吧！」

小李喝了第二杯說：「我還是害怕。」

「既然如此，再喝一杯試試。」小李喝完第三杯，醫生鼓勵他說：

「你已經喝了三杯了，我相信你現在一定不害怕了吧！」

小李滿臉通紅，捲起袖子高聲說：

**「我倒要看看，現在誰敢動我的牙齒！」**

※替媽媽拿雪糕

胖媽帶著胖兒子參加朋友的生日會。兒子頻頻去拿美味雪糕，吃了又拿，拿了又吃。媽媽提醒說：「肥仔，你已經第六次去拿雪糕了，不怕難為情嗎？」

孩子把頭一搖說：

「有什麼難為情的？我每次去拿都是跟他們說是替媽咪拿的。」

【大師解頤】

文章的結尾，是作者謀篇佈局的重要組成成分，是正文自然延伸和事物發展的必然結果，也是文章的最後一個台階。結尾不僅是作者思路的貫通和才華與氣魄的洋溢，而且也是一個美學藝術的處理問題。

因此，在撰寫結尾時，不僅要做到「意盡而言止」，而且還要做到「言有盡而意無窮」。所謂「一篇之妙，在乎落句」、「為人重晚節，行文看結穴」，在在說明結尾之要。

以上四例，皆是結尾出奇的好例子，讀者在品味的過程中不知情節會如何發展，於是帶著一種期待、好奇的心情，而到了最後，出乎意料的結果，使讀者會心一笑，這便是成功的結尾。

※林語堂演講

有一次，林語堂應邀到一所大學參觀。參觀完畢之後，校長請他到餐廳與學生們共進午餐。校長見機會難得，就臨時請他跟學生們講幾句話。校長不知犯了林語堂的大忌，林語堂推辭幾次無效之後，被迫講了一個故事。他說：「在古羅馬時代，皇帝殘暴無道，用高壓統治百姓，經常把人民投到鬥獸場中，讓猛獸吃掉。百姓對此事都十分恐懼。」

「有一次，皇帝又送一個人到鬥獸場中，要讓獅子吃掉他。那人個子雖小，膽量卻很大，看到獅子並不害怕。只見他走近獅子旁邊，靠在牠耳邊講了幾句話，獅子掉頭就走，並沒吃他。」

「皇帝看了，覺得非常奇怪，於是再放一雙老虎進去。那人仍舊鎮靜地走近老虎身旁，照樣幾句耳語後，老虎也掉頭離去，也沒吃他。」

「皇帝見了這一幕，更是詫異，就放那人走出鬥獸場，並問他說：『你到底跟獅子與老虎說了什麼呢？爲什麼牠們竟然不吃你，掉頭就走呢？』」

「那人答道：『很簡單，我只是告訴牠們，吃我很容易，可是吃完後，你得演講啊！』」

語罷，林語堂坐下來用餐。全場大笑，只見校長滿臉通紅。對群眾的演講，林語堂有一句名言：

「演講必須像女孩子的裙子一樣，愈短愈好。」

**【大師解頤】**

有些記敘性的文章，作者在文章的前頭先把真相「藏」起來，故意造成某種錯覺，等到結尾時才把真相「抖」出來，使前頭的錯覺與真相形成很大的落差而造成某種情趣，這種寫法稱為「卒章（文章的結束部分）露底法」。林語堂利用這樣的方法幽了別人一默，而且充份呈現出機智與創意。

※搞不清狀況一

醉漢決定來個冰上釣魚，所以他帶著工具出發，直到看見一大片冰地。他往冰地中央走去開始鋸洞。突然，有陣聲音由空中傳來：

「你在那冰塊下找不到魚。」

醉漢抬起頭，但沒看到任何人。他又開始鋸冰的工作。再次的，聲音說話了：

「我說過了，那裡沒有魚。」

醉漢四處張望，看上看下，還是找不到半個人影。他又拿起鋸子想繼續，超大聲的聲音打斷了他。

「我已經警告你三次了，沒有魚！」

醉漢現在慌了，而且嚇到六神無主，因此他問聲音：

「你怎麼知道沒有魚！你是想要警告我的上帝嗎？」

「不，**我是這個曲棍球場的教練。**」

※搞不清狀況二

話說一個小鎮發生了一場大火災，火勢極大，現場溫度很高，逼得所有的消防人員都退得遠遠的，束手無策，眼看著火苗就要蔓延開來了……就在此時，一輛救火車忽然單獨衝進火場中，從車上跳下數個救火員，拼命地灑水救火，不到一下子，就把火給熄了。於是鎮長就頒獎給那幾個英勇的救火隊員一筆獎金。就在頒獎典禮會場上，鎮長問那個隊長：

「你要如何使用這筆獎金啊？」

隊長尚未回答，只聽到一起站在旁邊的一個隊員喃喃說道：

**「首先要把那個該死的abs剎車給修好…」**

※你們都在

一個商店的老闆已經奄奄一息，全家圍在他的床邊。他掙扎地說：

「瑪麗，我的妻子，你在嗎？」「在。」

「約翰，我的兒子，你在嗎？」「在。」

「凱絲，我的女兒，你在嗎？」「在。」

這時，他突然用力坐起來惱怒地大喊：

**「你們都在這兒，那誰在照顧商店呢？」**

**【大師解頤】**

從這三則笑話可以知道寫作時文筆應曲折：結尾出奇，能出人意外，則能使人被文章深深吸引。

## 標點符號

也許有人認爲標點符號的使用是枝微末節，但事實上正確地使用標點符號，對於文意的表達至關重要。

平常人與人之間的說話，可藉由臉部的表情、肢體的動作以及語氣的抑揚頓挫，使對方瞭解；但是，用文字表達意念、傳遞訊息時，作者與閱讀者間，僅能藉由文字以及標點符號來溝通；因此標點符號便成爲文字表達最重要的輔助工具。

標點符號不但能讓文章變得簡單、清楚、容易閱讀，更能增添文字的情感，使語氣變得豐富、生動，如「花。」表示陳述，「花？」表示疑問，「花！」表示驚嘆。

標點符號對於文字修辭的魅力，是一般語言敘述難以企及的，它不但能幫助文字表達意念，也能助長文辭的氣勢和神態，巧用它能使文字發揮聲氣相求的傳神力量。以下不妨透過一些笑話和例子來說明其重要性吧！

※ 小心！肝！

有一天一個護士看到一位病人在病房裡喝酒，就走到他身旁小聲說：

「小心！肝！」那個病人馬上高舉酒杯，微笑著對護士說：

「小寶貝！」

**【大師解頤】**

本則笑話之所以產生，就是由於文字的描述上若不加上標點符號，就容易產生誤解！

※今年好煩惱

以前有個土豪仗勢欺人，大家對他雖不滿卻又無可奈何，有一個書生，在村中以寫對聯聞名，也對這土豪相當不滿。這一天，終於有了報復的機會…原來新年到了，土豪希望他能寫些賀辭在家門上。書生振筆一揮，寫了：

「今年好煩惱少不得打官司蒸酒缸缸好作醋格外酸養豬隻隻大如山老鼠隻隻死」

土豪一看：

「今年好煩惱，少不得打官司；蒸酒缸缸好作醋，格外酸；養豬隻隻大如山老鼠，隻隻死。」

這還得了，大過年就被觸霉頭！土豪掄起拳頭正欲痛扁書生之際，書生不急不徐，加了幾個標點：

「今年好，煩惱少，不得打官司；蒸酒缸缸好，作醋格外酸；養豬隻隻大如山，老鼠隻隻死。」

一旁村人此時齊聲喊好，喝采連連；土豪只臉上一陣青一陣白，卻又無話可說……。

※算命

有個人去算命，算命師寫了一張字條給他，然後跟他說：

「你的命是大富大貴，沒有大災難，要小心！」那個人聽完就很高興的離開了……隔沒幾天，他在路上被車子撞斷條腿，好了之後，他就很生氣的去找算命師理論：

「你前幾天不是告訴我，我是大富大貴，沒有大災難的命嗎？怎麼我被車子撞斷條腿！」結果，那個算命師拿起那張字條，然後慢條斯理地跟他說：

「先生，你大概沒有注意看，其實我的意思是……『你的命是大富大貴沒有，大災難要小心。』」

※ 劉員外女兒嫁人

劉員外的女兒，已達適婚年齡，可是因爲長得醜陋，員外擔心嫁不出去，重金央請媒婆代爲設法，言明有一筆豐厚的嫁妝。媒婆十分機伶，迅速把她介紹給一位愛財的書生，並去信道：

「劉家有黃花閨女嫁妝豐厚人材十分醜陋全無一雙好腳。」

書生接到信之後，雀躍萬分，立刻答應這門親事。於是雙方擇吉日就成婚了。在成婚之日，書生氣得七竅生煙。原來劉女不但長得一臉痲子，還有一雙大腳。

書生立刻找來媒婆理論，媒婆不慌不忙把信念給書生聽：

「劉家有黃花閨女，嫁妝豐厚，人材十分醜陋，全無一雙好腳。」

書生只好自認倒楣。

※給女婿的遺囑

古代，有位八十歲的老翁養了一位獨生子。他知道自己將不久人世，於是寫下一則一式兩份文字相同的遺囑。給女婿的遺囑是：

「八十老翁生一子人言非吾子也家產全與女婿外人不得干涉。」

女婿看了，大為高興，把這段文字讀成：

「八十老翁生一子，人言非吾子也，家產全與女婿，外人不得干涉。」

老翁死後，兒子與女婿為了財產繼承打官司。結果女婿敗訴，原來老翁怕家產落入女婿之手，在給兒子的遺囑上加上了標點符號：

「八十老翁生一子，人言非，吾子也，家產全與。女婿外人，不得干涉。」

※財主祭祖

有個財主祭祖請人寫了一篇祭文：

「望全家福祿，不見鬼怪病痛，常有銀帛收入，斷絕忤逆祖宗，保佑年年如此。」到祭祖的時候，他兒子念到：

「望全家福祿不見，鬼怪病痛常有，銀帛收入斷絕，忤逆祖宗，保佑年年如此。」

※報告就進來

某日一位同學衝進學校辦公室，教官：

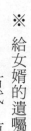

「同學！你怎麼沒喊報告就進來？」

同學馬上立正大喊：

「報告就進來！」。

※吉屋對聯

有一個大財主的大廈剛剛落成，他請了一位著名的書法家來寫對聯。那位書法家揮毫寫了：「此屋安能居住其人好不悲傷。」

大財主責怪他為何要寫這樣不吉利的話。那書法家笑笑說：

「為什麼說這對聯不吉利呢？我念給你聽吧：此屋安，能居住其人好，不悲傷。這是大吉大利啊！」

大財主聽了，啼笑皆非。

※年節對聯

相傳祝枝山某年除夕和書僮經過一個員外家，忽然聽見嬰兒落地的哭聲，順手便在大門上寫下：

「今年真好晦氣全無帳帛進門，昨夜生下妖魔不是好子好孫。」

大年初一，員外一開門，見到這副對聯，大呼不吉利，便找祝枝山理論。

祝枝山戲道：

「你把句子斷錯了，應該這樣念：今年真好，晦氣全無，財帛進門；昨夜生下，妖魔不是，好子好孫。」員外轉怒為喜，忙設酒道謝。

【大師解頤】

以上幾則笑話或故事均說明了標點符號的有無及位置影響文意的判讀甚鉅，必須小心謹慎地使用才好！

※冠軍與逗號

李大爺的兒子到外地參加乒乓球比賽去了。一天，他收到外地親戚的來信，信中說：「你兒子打敗了另一個選手獲得冠軍。」

李大爺讀到這兒，十分高興。幾天後，兒子回來了。李大爺笑瞇瞇地說：「你這次打得不錯，得了冠軍。」兒子搖搖頭。李大爺說：「對我還謙虛呀！你阿姨已經來信告訴我了。」

兒子說：「不是謙虛，這次我打敗了，另一個選手獲得冠軍。」李大爺聽了，連忙拿出信來再仔細一看，原來中間少了個標點符號。

【大師解頤】

標點符號在作文佔極重要的部分，標點符號使用錯誤，與寫錯別字一樣，是會被扣分的。如果是文章寫的不錯，而不注意正確使用標點符號被扣分，實在划不來。像此篇文章，由於標點符號的不同，文章的意思竟然完全不同了，不可不慎。

※標點符號的重要性

老王規定兒子每天要寫日記，某晚他抽查兒子的日記，他查完日記後，對他老婆大發脾氣。老婆莫名其妙，老王憤怒的把兒子的日記攤在桌前，上面寫著：

「今日吳叔叔來我家玩媽媽，說做完作業後，可以吃點心。然後，吳叔叔說我作業做得好，於是叔叔抱起了我媽，媽叫叔叔小心一點，之後叔叔又親了我媽媽，也親了我奶奶，也親了我。」

妻大怒，怒問兒子，兒子說是我把標點符號標錯了，應該是：

「今日吳叔叔來我家玩，媽媽說做完作業後，可以吃點心。然後，吳叔叔說我作業做好，於是叔叔抱起了我，媽媽叫叔叔小心一點，之後叔叔又親了我，媽媽也親了我，奶奶也親了我。」

老王：「……」

【大師解頤】

從這一則笑話可知標點符號的位置及使用千萬馬虎不得，否則文意的解讀會相差十萬八千里！

【學習天地】

【新式標點符號用法】

**一、句號（。）**

定義：點斷句子的符號。句號用在句子結尾，無論句子長短，當它意思完足，就可使用，書寫時占一格。

例子：

1. 三人行，必有我師焉。
2. 你聽你的鳥鳴，他看他的日出，彼此都會有等量的美的感受。

**二、逗號（，）**

定義：標明句子裡應該停頓、分開的符號。逗號用在較長或較複雜的句子中，書寫時占一格。

例子：

1. 每天，天剛亮時，我母親便把我喊醒，叫我披衣坐起。
2. 月落烏啼霜滿天，江楓漁火對愁眠。姑蘇城外寒山寺，夜半鐘聲到客船。

**三、頓號（、）**

定義：標明語氣停頓最短暫的符號。頓號在文句中，用在許多平列連用的同類單字、詞語之間，或標示條列次序的文字之後，書寫時占一格。

例如：

1. 缺乏主見、意志薄弱、判斷力低，是難以向別人說「不」的主要因素。
2. 我們常常迷惑於莫札特、貝多芬等人特殊的天分或資賦，而忽略了絢麗背後更可貴的苦練。

**四、分號（；）**

定義：標明並列或對比的分句所使用的符號。分號用在各分句中間，書寫時占一格。

例句：

1. 在大家的關心下，有人懂得力爭上游，以不辜負期許；有人卻喪失了自主的能力，只一味喜歡在庇蔭下生活。（讓關心萌芽）
2. 子曰：「譬如為山，未成一簣，止，吾止也；譬如平地，雖覆一簣，進，吾往也。」（論語選）

**五、冒號（：）**

定義：標明結束上文或提起下文的符號。冒號用在總承上文、總起下文，或提出引語及舉例說明以及書信中的稱呼底下，書寫時占一格。

例句：

1. 我寫這封信只是想讓你知道：我很喜歡你這樣做。（父親的信）
2. 人際交往日益頻繁，雖可利用其他方式，諸如：電話、電子信件等來溝通，但不如書信正式。

**六、引號（「」或『』）**

定義：標明說話、引語、專有名詞或特別用意的符號。引號是用在引用語、專有名詞及特別提示語前後的符號。書寫時，上下引號各占一格。一般引用時用單引號（「」），如引用中又加其他引用時，則用雙引號（『』），兩種引號可交互使用，但不宜太過複雜。一般引文句尾符號標在引號內；而引文用作全句結構的一部分時，引號前通常不加標點符號。

例句：

1. 孫悟空在西遊記裡，每次遭到挫折，都說：「哭不得，只好笑了。」
2. 他笑說：「這是系上『愛的接力』。輪到我們學弟班跑第三棒。」

**七、夾注號（（）或〔〕或——）**

定義：用來表示說明或解釋的符號。在行文中只作注釋用的多用（）；如為求文氣連貫時，行文補充說明之用，多半以——上下符號夾注。書寫時，（）上下各占一格、——則上下符號各占兩格。（橫行時相同）

例句：

1. 自己的生活，無論食、衣、住、行，一切都要照著新生活的六項原則——整齊、清潔、簡單、樸素、迅速、確實——切實做到。
2. 我十四歲（其實只有十二歲零兩三個月）便離開她了。（母親的教誨）

**八、問號（？）**

定義：標明疑問性質的符號。問號用在表示懷疑、發問、反問或驚訝語氣時。

例句：

1. 子曰：「學而時習之，不亦說乎？有朋自遠方來，不亦樂乎？人不知而不慍，不亦君子乎？」（論語選）

2. 如果他能從這扇門望見日出的美景，你又何必要求他走向那扇窗去聆聽鳥鳴呢？（雅量）

**九、驚嘆號（！）**

定義：標明感嘆、命令、祈求、勸勉的符號。驚嘆號用在這類詞語之後，書寫時占一格。

例句：

1. 我不肯穿，她說：「穿上吧！涼了。」（母親的教誨）

2. 子夏曰：「日知其所亡，月無忘其所能；可謂好學也已矣！」（論語選）

**十、破折號（——）**

定義：標明語意轉變、聲音延續、時空起止或用為夾注的符號。使用破折號時，書寫時占兩格。

例句：

1. 人總會去尋求自己喜歡的事物，每個人的看法或觀點不同，並沒有什麼關

係，重要的是——人與人之間，應該有彼此容忍和尊重對方的看法與觀點的雅量。（雅量）

2. 嗚——嗚——嗚——，警報的聲音又響起了。

3. 曾文正公享年六十二歲（西元一八一一—一八七二）。

4. 四季——春、夏、秋、冬。

## 十一、刪節號（……）

定義：表示節略原文，或語氣沒有完結的符號。刪節號用在刪節或語氣未完的地方，書寫時占兩格，每格點出三點。

例句：

1. 我每次讀到張繼的楓橋夜泊：「月落烏啼霜滿天，……」便有一種難以言說的孤寂感湧上心頭。

2. 這樣一來，一次，二次，三次，……就被因循怠惰的習慣所誤了。

## 十二、書名號（﹏﹏）

定義：標示書名、篇名及報刊、雜誌、歌曲、影劇、圖表等名稱的符號。有些書籍、文章中用雙尖角號（《》）作為書名號，用單尖號（〈〉）作為篇名號。使用書名號時，直行標在書名左邊，橫行標在書名之下，書寫長度與名稱齊。

例句：

1. 本文節選自〈浮生六記〉。（兒時記趣題解）
2. 〈我的未來不是夢〉、〈如果〉（歌名）
3. 〈中國時報〉、〈民生報〉、〈國文天地〉（報刊名、雜誌名）
4. 〈鐵達尼號〉、〈悲情城市〉（電影名）
5. 〈美猴王〉一文選自《西遊記》。
6. 他的文章常在《聯合報》與《商業周刊》上發表。

**十三、專名號（——）**

定義：標示人名、地名、國名、朝代名、學派名、種族名、機構名等專有名詞的符號。使用專名號時，直行標在名詞左邊，橫行標在名詞下方，書寫長度與名稱齊。

例句：莫札特，奧地利作曲家，有「音樂神童」之譽。

阿美族是臺灣原住民中人口最多的一族，約有十三萬人。

**十四、音界號（·）**

定義：標明外國人姓名音界的符號。音界號用在翻譯成中文的外國人姓名中間，書寫時占一格。

例句：

1. 海倫·凱勒
2. 阿爾伯特·愛因斯坦

## 3. 麥可·喬丹（音樂家與職籃巨星）

# 第五式

# 飛龍在天—想像創造篇

作文要求能夠獨有創見，翻新陳言，這樣的文章才有價值可言。如果只是人云亦云，抄襲剽竊，充其量是學舌的鸚鵡罷了！而文章要能創新，「聯想力」的運用就顯得十分重要！

林明進老師認為：「聯想」是人們根據事物之間的某種聯繫，由一個事物想到另一個事物的心理過程。它是由「此」及「彼」的一種思考活動。想像則是人們在原有感性形象的基礎上，創造出新形象的心理過程。在寫作過程中，聯想和想像往往結合起來運用，不能截然分開。茲分別闡述如下：

聯想，是指由「此」及「彼」的思考過程。聯想一般分成三類：接近聯想、類比聯想、對比聯想。

一、接近聯想

「接近聯想」，是根據作者對客觀事物在相對的時空上接近的認知，從甲想到乙，把兩種事物聯繫起來。

二、類比聯想

「類比聯想」是把形體或性質上相似（或相近）的事物加以比較，連接在一起，類比聯想中的事物應該存在一個相似點，例如以雄鷹比喻戰士，便是類比聯想。雄鷹與戰士本來不相干，但戰士的勇敢就讓人想到了凶猛的雄鷹，大家都會覺得是合適的。

三、對比聯想

**「對比聯想」，是有感於兩種截然不同的事物，把它們放在一起，相互映襯，得到強烈的對比效果。想像與記憶有著密切的聯繫。沒有記憶就沒有想像，想像憑藉記憶所提供的材料進行活動。所以，想像就是利用已經知道的事實或觀念作基礎，推想新觀念的能力。這裡的「想像」，是指一種寫作方法，就是寫作的人憑著想像的翅膀，根據累積的生活經驗和知識，透過文字的描述，在腦海裡創造出自己從來所沒有接觸過的新事物或新形象。一般有虛擬、推測、擬人等想像手法。**

**以下我們來看有關於想像力與創造力相關的例子，看看如何讓思維「飛龍在天」吧！**

## 想像力

※ 孔子補習班

請問，史上第一個補習班開山元老是誰？就是孔子囉！聽說，南陽街的補習業者們，都在店裡供奉孔子像，照三餐膜拜燒香，三不五時外加一頓消夜，傳說孔子不僅有教無類，在那時連補習費的多寡，可享受的福利都明文規定囉！

1. 十五有志於學→入學先繳十五兩報名費。
2. 三十而立→交三十兩者，只能站著聽課。
3. 四十而不惑→交四十兩者，可發問，到你沒有問題爲止。
4. 五十知天命→交五十兩者，可以知道明天小考之命題。

5. 六十耳順→能出的起此價格者，老師可以說些笑話給你聽，讓你耳順。
6. 七十從心所慾→上課要躺要坐或來不來都隨你啦！

【大師解頤】
本則巧用孔子為學進程做出了饒富趣味的解說，給人新鮮感！

※考試無力詩

一看考卷，兩眼無神，三思不解，四肢無力，
五臟俱焚，六神無主，七竅生煙，八面受敵，
九死一生，十分痛苦，零零零零零分交卷……

【大師解頤】
本則巧用數字寫出對於考試無奈的詩句，相當有趣！

※何嘉仁美語

一個家長帶著他的寶貝兒子去找補習班，準備報名學英文，千挑萬選之後，終於選到了「何嘉仁」美語，心想：孩子，我要你比我強！等上課之後，家長才發現並不是何嘉仁本人上課，便氣沖沖的帶著孩子，到補習班的櫃台怒罵：

「何嘉仁美語，爲什麼何嘉仁不出來教？」

那櫃台的美眉緩緩抬起頭，只回他一句話：

「難道長頸鹿美語就要長頸鹿來教嗎？」

【大師解頤】

本則櫃檯美眉的回應的確妙哉！

※ 值日生

老師訓斥值日生：「黑板那麼髒，地也沒掃，地球儀上……」

用手一摸說：「全是灰！」

值日生：「老師，你摸的地方正是撒哈拉沙漠。」

【大師解頤】

文中的學生臨機應變，頗具巧思，文章要有獨特而有創意的想像力，才能使讀者讀了不忍釋手，並會心一笑。具有豐富的想像力，常有出人意外的想法，這便是文章不可或缺的生命力。

※ 9和6

範例：9和6

9和6玩踩氣球遊戲，6一不小心，腳上的氣球被踩破了，6不服氣的大叫：

「你怎麼可以把氣球繫在頭上？」

範例：數字9

在妹妹的眼裡，9是一支又香又甜的棒棒糖，
在爸爸的眼裡，9是一支無煙草的煙斗，
在農夫的眼裡，9是一把萬能的鋤頭，
在我的眼裡，9是被老師罰站的我。

範例：數字8
8像掛在樹上的葫蘆，
8像小弟剛學寫字的不倒翁，
8像鼻孔時，那是它累了躺著睡覺，
8有一點令我不解，那就是爲什麼0+0會變成8呢？

**【大師解頤】**

「數目詩」是利用阿拉伯數字：0123456789等數字的外表形象，產生奇特的聯想，所寫成富有想像與情趣的兒童詩。可以培養想像力。

※文字詩

範例：出
你看！山的背上也有一座山；是不是山媽媽背著她的兒子，想摘天上的星星呀？

範例：三位怪先生
「部」先生不喜歡耳朵長在右邊，

「陪」先生不喜歡耳朵長在左邊，

他們只好互相交換耳朵，於是，「部」先生就變成了「陪」先生啦！

於是，「陪」先生就變成了「部」先生啦！

「鄰」先生是個隨和的人，他說：我的耳朵長在哪邊都可以！

**【大師解頤】**

文字詩是利用中國文字本身的趣味和藝術性，創作出以字形字義為聯想的兒童詩。目前的文字詩有兩種：一種是結合兩個字或兩個字以上，從文字的部首與結構的相似性，作為創作的聯想；另一種是以象形文字的外在形象，輪廓與特徵來創作出想像新奇的作品。

※會想到什麼？

有一天，老師問同學：「端午節會想到什麼？」

小英說：「會想到粽子。」

老師又問：「那中秋節會想到什麼呢？」

小華說：「會想到柚子。」

老師再問：「教師節會想到什麼呢？」

小明說：「會想到……棍子。」

【大師解頤】

這一則運用了接近聯想的方式！

## 創造力

※有文化素養的比喻

作文課，小明寫了一句「慌的像無頭蒼蠅一樣在臭水果堆上到處亂飛」，被老師批評沒創意，後來改成「慌的像無頭蟑螂一樣在臭糞坑裡到處亂爬」，又被老師嫌說沒衛生，到底寫不寫的出有文化素養一點的比喻。這一次，小明苦思良久，終於寫出經典的一句「慌的像無頭木乃伊一般在陰森的金字塔內到處亂跳」！

【大師解頤】

創意並非憑空而生，寫作之前若能廣泛閱讀、多方觀察，就能發現別人所沒有注意的地方。另外，透過造句的練習，也可激發創意的思考，寫出具有新鮮感的文句來！

※祝大家晚年快樂！

開學了，老師要各位小朋友設計賀年卡，向全班拜個晚年。某位小朋友，別出心裁地作了張賀卡，並在上面寫道：

「祝大家晚年快樂！」

**【大師解頤】**

創意亦須合乎常理，不可濫用：以上說的都是創意的重要，但是新奇固然要緊，卻也不能違背常理。像故事中的小朋友，為了製造創意，硬將新年寫成了晚年，那所代表的意思就完全不同了。

## ※抄襲

某日作文課題目自定，一星期後老師批改完了，很生氣的問小明爲啥抄小潔的，小明說：「我的題目是火車，她的是飛機，我怎麼可能抄她的？」

老師怒道：「人家的飛機飛上天，你的火車也飛上天。」

**【大師解頤】**

抄襲為寫作之大忌，無論文章再怎樣精美，若是經由抄襲而來，那就毫無價值可言！

## ※風水

有個人非常相信風水，不管辦什麼事，都要先去問問風水先生。一天，他偶然坐在牆下，突然牆倒了下來，他被壓住不能動彈，大呼救命。他的兒子受他影響，也十分迷信，他跑過來對父親說：

「您且忍耐一下，等我去問問風水先生，看今天可不可以動土？」

【大師解頤】

由這一則可知寫作時應該靈活運用，不要墨守舊規，否則就如同文中篤信風水的父子一樣，令人啼笑皆非。

※正牌名錶

一位女子在公館逛街，走著走著聽見前方傳來：「正牌 POLO 名錶大拍賣，全部一九九元！錯過可惜！」這個女子聽了忍不住的走過去湊熱鬧。這時已快六點，天色也漸漸暗了下來，在朦朧的路燈下，她努力的看這錶是不是真 POLO，一位騎士騎著馬拿著馬球竿「似乎沒錯！」她很高與撿到便宜貨，就買了一隻 POLO 名錶高高興興的回家去了。

隔天她拿起那隻珍貴的 POLO 名錶仔細一看，天啊！那位騎士拿的竟是一枝旗子不而是馬球竿，馬上就氣沖沖的去找那位老闆理論，老闆看了那隻錶後，呆了一會兒，不久後就笑嘻嘻的對這位女孩子說：「**恭禧妳，妳買到的他們的隊長啦！**」

【大師解頤】

這已是在網路上廣為流傳的笑話，生活中的確有很多的仿冒品，這一例的笑話，可用來說『畫虎不成反類犬』。

※喜捉老鼠的貓

從前，有個農夫，被老鼠害苦了，便從遠方要來一隻貓。那隻貓很會捉老鼠，但也喜歡捕捉雞隻，一個月後，他家裡的老鼠都被捉光了，但飼養的雞也被吃光了。

兒子勸父親：「爲什麼不把貓趕走呢？」

父親說：「我們家的禍害在於老鼠，不在於無雞。有老鼠，鼠會吃糧食，咬破衣服，讓我們挨餓受凍，可是無雞呢？頂多我們不吃雞，離挨餓受凍還遠呢！爲什麼要趕走貓呢？」

【大師解頤】

每個人各有自己獨到的觀點，像這一則故事，父親和兒子觀點不同，自然發展出不一樣的結果，寫作正是培養獨到見解的時候，但是需要注意的是，在考試時的作文，其題目有其共同性與普遍性，不可偏離主題。

※秘密外洩

科長：「總經理，隋秘書到哪裡去了？今天有人打電話找她。」

總經理：「我已經把她免職了。」

科長：「爲什麼？」

總經理：「她向別人說我是個糊塗蟲。」

科長：「**這不應該，怎麼可以把公司的重要秘密對外邊洩漏呢？**」

【大師解頤】

文貴「命意新奇，別開生面」，就是說不可以人云亦云，要有自己獨特的感受和發現。這樣學生寫出來的的作文才能有新鮮感，才能引人入勝。

※獨創書法字體

傳說鄭板橋初習書法，用功甚勤，夜以繼日，坐臥不輟，但是不管寫隸、寫篆、或楷、或草，終覺寫來寫去不脫古人面貌，無法突破創新，自立風貌，心中十分困惱。有一天夜裡，睡在床上，習慣的又用手指在褥子上畫個不停，練習寫字，不知不覺中，卻在身邊太太的肚皮上畫了起來，這種情形已不止發生一次，他太太起初還隱忍不語，老是如此擾她無法入睡，她禁不住抱怨說：

「人各有體，要畫為何不在你自己肚皮上畫？半夜三更，卻要擾我清夢。」

不料鄭板橋一聽這話，興奮得跳了起來，一拍巴掌叫道：

「好一個『人各有體』，對呀！我為何定要刻意摹寫別人面貌，而不自創一體呢？」

由於太太一句無心之言而憬悟，鄭氏從此在書法上，創出了亦楷亦隸的獨特字體，睥睨千古。

【大師解頤】

此則故事意在告訴我們，寫作貴在有自己的思想風格，而非一味抄襲。

※求人不如求己

一日午後，東坡與佛印二人同遊一座寺院，看到前殿的兩座金剛佛像，都是塑成握拳怒目的架勢。

東坡突然問佛印：「這兩尊佛像，哪一個重要？」

佛印隨口答道：「當然是拳頭大的嘍！」

兩人走進了內殿，看見觀音像，東坡又問：「觀音自己是佛，還數手裡那串唸珠何用？」

佛印說：「她也像凡人一樣禱告，求佛保佑呀！」

東坡接著又追問：「她向誰禱告？」

佛印回答：「向她自己。」

東坡急加反駁：「她自己是觀音菩薩，爲何還向自己禱告？」

佛印忍不住笑著說：「**求人不如求己呀！**」於是兩人同聲大笑起來。

※ 擇其善者而從之，其不善者而改之

師：「小魚同學，你爲甚麼抄襲別人的作文？」

小魚：「子曰：『擇其善者而從之，其不善者而改之。』」

**【大師解頤】**

這兩則均說明了寫作必須重視獨創性，與其一味抄襲，不如獨抒己見。

※都一樣

孿生兒小寶和小亮，都讀小學三年級。有一次，爸爸翻閱兩人的作業本，發現兩人寫〈我的母親〉，竟然完全一樣。爸爸問怎麼回事，他們回答：

「我們的母親是同一個，作文當然是一模一樣了。」

【大師解頤】

寫文章，選材最忌雷同，寫法、語言也不可相同。你寫的文章和別人一模一樣，那就不是寫文章，而是抄文章了。思想懶惰，是作文水準不能提升的原因。作文最講究創造，沒有創造性的作文，便不是好文章。小寶和小亮的作文一模一樣，不知誰抄誰的，文章雖然寫的是同一個媽媽，但選材可以不同，可各自側寫媽媽的某一方面，文章就不會一模一樣了。

※抄書

有一天，小明的媽媽檢查小明的功課，發現一篇新寫的作文，題目叫〈我的母親〉。開頭是這樣寫的：

「我的母親身高八尺，虎背熊腰，古銅色的方臉，眉如板刷，眼如銅鈴，口如血盆，聲如炸雷……」

「天那！你怎麼把我寫成這副模樣？是誰叫你去抄書的？」

小明嘴巴一噘，說：「這是從書上學來的。」

**【大師解頤】**

寫作固然可以參考前人作品，但如果不衡量現實情況，摘錄抄襲，只會寫出令人噴飯的作品！

## ※青翠欲滴

我愛上了教師這個職業，孩子看起來使人快樂——如果你懂得快樂。

有一天，我在班裡表揚了一位同學，說他這個「青翠欲滴」用得好。下一次交上來的作文，幾乎每個人都用了「青翠欲滴」：教室的一角裡，有盆青翠欲滴的花、爸爸拿起青翠欲滴的玉酒杯、她穿上一件綠色的裙子，真是青翠欲滴。

有一個男生居然還寫：**我的鼻涕青翠欲滴……**。

**【大師解頤】**

文章中適度使用成語或俗諺會增加文章的可看性或說服力，但若只是用固定的成語來呈現，便顯得單調而缺乏創意了！

## ※雅俗共賞

我班同學的作文由於受到瓊瑤小說的影響，寫的人物形象過於高潔，脫離了現實。於是老師讓我們回家後寫一篇作文〈我的媽媽〉要求做到俗雅共賞。只見我的同桌這樣寫到：我的媽媽穿著一件雪蓮般的白紗裙，如雲一般飄進廚房，用她的纖纖玉手捉著一把老菜刀，用力刮著涼土豆皮……

【大師解頤】

名家的作品固然可以作為我們寫作的參考，但仍要視文章情境做適度的描寫，否則如本文中所描寫的母親，就顯得不太真切！

※雅俗共賞

老師要小學生用「懸掛」一詞造句。有一個小朋友寫道：小鳥懸掛在天空裡。

【大師解頤】

文章要有創意，除了內容的出奇之外，若能使用新鮮的詞彙，也能使文章更富於創造性。如文中小學生的造句用了「懸掛」一詞來形容鳥的飛行，給人不同的感受！

※作文評語

小明收到作文簿，看到老師在作文後面評語：「有出師表末句之風。」

小明想到文章竟然被老師拿來和諸葛亮相比，覺得揚揚自得。

這時，隔壁同學唸出這末句後，小明才猛然醒過來老師的意思：「臨表涕泣，不知所云。」

【大師解頤】

文中老師用出師表的末兩句來評斷學生的作文，借古諷今！這也告訴我們善用舊有詞彙也能變化出新的用法！

# 神龍擺尾：後記

「龍」這種傳說中的生物對於我而言，總是有種莫名的吸引力。還記得小時候，我經常拿著筆在紙上塗鴉，當時最喜歡畫的就是大大小小的龍。每當我看到有關龍的圖像或漫畫（像是七龍珠），總是欣喜不已！可以說我很早就跟龍的圖騰有了聯結。這也是我給自己取名「神龍子」的原因。

關於寫作的部份，自己並非是很積極創作的人，頂多像孔子所說的：「述而不作」，寫寫論文分析的東西。到學校教書以後，屢屢看見學生爲了一篇作文而絞盡腦汁，卻不見得寫出像樣的作品來。腦袋中有一個聲音告訴我：「我要爲這些學生寫一些什麼！」

大學時修了一門「作文批改與教學」的課程，當時教授要我們分組蒐集一些有關作文教材的趣味資料，一直保存到現在。想不到十多年後的今天，我有機會將這些資料加以增刪、整理，進而集結成冊。由於學校教學及行政事務的繁重，資料整理的工作雖告一段落，但分析解說的部份大概拖延了半年的時間才告完成。不過這中間的辛苦終將過去，期盼本書的問世能給學子們指引迷津，於願足矣！

本書之完成，我最要感謝父母親及妻子文雯給予我的支持，讓我可以專心著述。同時我也要向加君主編、荷婷小姐以及所有參與本書出版製作的人員的付出與關注致上謝意，沒有你們，本書無法付梓。謝謝明德老師的關心以及好友俊隆於百忙之中，仍爲本書撰寫推薦序。最後謹以此書敬祝讀者有一段美好的精神饗宴！

**國家圖書館出版品預行編目資料**

神龍大師之作文趣味寶典 / 林立中 著 --初版--
臺北市：博客思出版事業網：2012.7
ISBN：978-986-6589-66-9（平裝）
1.漢語 2.寫作法

811.1 101008401

國文知識系列1

# 神龍大師之作文趣味寶典

作　　者：林立中
美　　編：鄭荷婷
封面設計：鄭荷婷
執行編輯：張加君
出 版 者：博客思出版事業網
發　　行：博客思出版事業網
地　　址：台北市中正區重慶南路1段121號8樓14
電　　話：(02)2331-1675或(02)2331-1691
傳　　真：(02)2382-6225
E—MAIL：books5w@gmail.com或books5w@yahoo.com.tw
網路書店：http://store.pchome.com.tw/yesbooks/
http://www.5w.com.tw/
博客來網路書店、博客思網路書店、華文網路書店、三民書局
總 經 銷：成信文化事業股份有限公司
劃撥戶名：蘭臺出版社　帳號：18995335
香港代理：香港聯合零售有限公司
地　　址：香港新界大蒲汀麗路36號中華商務印刷大樓
C&C Building, 36,Ting, Lai, Road, Tai,Po, New,Territories
電　　話：(852)2150-2100　傳真：(852)2356-0735
出版日期：2012年7月 初版
定　　價：新臺幣280元整（平裝）
ISBN：978-986-6589-66-9